Pierre V. GROSJEAN

Le Roi Noir persiste et signe

Roman policier

Les Presses du Midi

Du même auteur aux Éditions Les Presses du Midi :

Les chats n'ont-ils pas neuf vies ?

À une minute près

Impression PDM

121 avenue d'Orient - 83100 Toulon
Tel. : 04 94 16 90 20 - Fax : 04 94 16 90 29
Dépôt légal : septembre 2001
ISBN : 2-87867-340-9

Ami lecteur, si vous n'êtes pas joueur d'échecs il n'empêche ! il vous suffit pour comprendre ce qui suit de savoir que sur l'échiquier les Blancs sont en bas et les Noirs en haut. Internationalement, on numérote les huit colonnes de A à H de gauche à droite. Et les huit traverses sont notées de 1 à 8 de bas en haut. Vous suivez ?

Ami lecteur, c'est après ce quatrième coup que l'intrigue se noue.

- Quatrième coup : "F b5 x c6". Cette petite croix désigne une prise : mon Fou a pris votre Cavalier ! Votre Cavalier Noir est mort ! Retirez sa dépouille !

" En fait,les Blancs ont commis une faute. Au 4ème coup des Noirs, ils risquent de perdre leur Fou, pris par le Pion-Reine, ce qui va libérer la Dame-Noire... *(page 10)*

Chapitre I

LE ROI NOIR

Lundi 10 mai, 9 heures

Il commençait à pleuvoir. Aussi est-ce d'un pas pressé que Rodolphe de Rochehault, procureur du Roi au Parquet de Bruxelles, s'engagea dans la place Poelaert et marcha vers le Palais de Justice.

Ouvrant son parapluie, il jeta un regard sur la gigantesque coupole que l'armée allemande avait incendiée lors de sa retraite, quelques années auparavant. Et tandis qu'il parcourait des yeux la large façade du monumental Palais, il se rappelait ce qu'en disaient des provinciaux sarcastiques : « le plus prodigieux entassement de pierres de toute l'Europe ».

Toujours du même pas, il franchit le colossal portique grec, traversa l'interminable salle des pas perdus, escalada de pharaoniques escaliers… pour enfin se retrouver dans son bureau, son tout petit bureau où l'attendait, très affairé, Frans Tielemans, secrétaire de Parquet.

- Monsieur le Procureur ! Monsieur le Procureur ! « Il » a encore écrit ! Voyez donc une fois !

Rodolphe de Rochehault haussa les épaules en un geste de dédain ou d'agacement. Néanmoins, il lut le court feuillet dactylographié que lui avait tendu le secrétaire :

Monsieur le Chef du Parquet à Bruxelles,
Je ne suis pas fou, mais :
4 : F b5 x c6
Comprenez-vous maintenant ?
(s) Le Roi Noir

- Si je compte bien, Monsieur Tielemans, c'est la huitième lettre de ce genre ?

- Euh... Non, Monsieur le Procureur. La septième seulement.

- L'œuvre d'un mauvais plaisant ! Et ça n'en finit pas !

Depuis une semaine, en effet, le procureur trouvait chaque matin dans son courrier une enveloppe bizarrement adressée à « Monsieur le Chef du Parquet à Bruxelles ». À l'intérieur, une simple feuille dactylographiée. Presque toujours le même texte : « Je ne suis pas fou, mais... », puis quelques lettres ou chiffres et la signature : « Le Roi Noir ».

- Remarquez, dit le secrétaire, qu'aujourd'hui il y a une phrase de plus : « Comprenez-vous maintenant ? »

Du haut de sa petite taille - et de ses verres de presbyte - Frans Tielemans regardait interrogativement le procureur dont l'allure très « vieille famille » l'intimidait toujours un peu.

- Je crois comprendre, monsieur le secrétaire, qu'un farceur a trouvé là une manière originale de me poser un problème d'échecs.

- Vous pratiquez ce jeu, Monsieur le Procureur ?

- Je l'ai pratiqué jadis. Et beaucoup. Pendant 5 ans. Dans les Oflags. Où je suis resté prisonnier de guerre en tant qu'officier de réserve wallon. Au fait, je me demande si notre farceur n'est pas tout bonnement un ancien camarade de captivité ! Soit, passons... Mais cependant... Voulez-vous, je vous prie, me recopier, en colonne, ces formules qui vous semblent mathématiques, mais qui ne sont que des indications de déplacement de pièces sur l'échiquier, selon la notation internationale.

Cinq minutes plus tard, le secrétaire tout rayonnant, tendait la liste demandée :

4 mai: 1 :	*e2-e4*
5 mai: 1 :	*... e7-e5*
6 mai: 2 :	*C g1-f3*
7 mai: 2 :	*... C b8-c6*
8 mai: 3 :	*F f1-b5*
9 mai: 3 :	*... a7 - a6*
10 mai: 4 :	*F b5 x c6*

Le procureur parcourut la liste, ligne par ligne, en déplaçant son crayon :

- Pas de doute, fit-il, il s'agit bien de l'ouverture d'une partie d'échecs.

- Excusez-moi, mais je ne vois pas...

- Bon, regardez...

Monsieur de Rochehault fouilla dans un tiroir, en sortit pêle-mêle des dossiers, des chemises, des paperasses, et enfin un petit échiquier pliable, formant une boîte fermée. Il l'ouvrit et en retira les seize pièces qu'il rangea selon les règles immémoriales du jeu d'échecs.

- Regardez, reprit-il. Les Blancs sont en bas, dirais-je, et les Noirs en haut. Internationalement, on numérote les huit colonnes de A à H, de gauche à droite. Et les huit traverses sont notées de 1 à 8, de bas en haut. Vous suivez?

- Oui, oui, s'empressa de dire le brave secrétaire - qui avait bien du mal à suivre.

- La formule « 1 : e2-e4 » signifie que pour leur premier coup les Blancs déplacent leur Pion-Roi de la case e2 (e : 5e colonne; 2 : 2e traverse) à la case e4 (e : même colonne; 4 : 4e traverse). Est-ce clair?

- Oui, oui, oui. Certainement Monsieur le Procureur.

- Bon. La seconde formule « 1 : ... e7-e5 » nous dit que les Noirs répondent par un mouvement identique de leur Pion-Roi.

Riposte toute naturelle, monsieur Tielemans, constituant ce qu'on appelle un « début ouvert ». Oui, début ouvert, c'est bien ça.

Petit à petit, le procureur s'excitait en parlant. Car petit à petit, de lointains souvenirs de captivité lui revenaient en tête. N'avait-il pas été champion des échecs à l'Oflag XD ?

- Voyons la suite, poursuivit-il en maniant les pièces. Voici « 2 : C g1-f3 », autrement dit : Pour le deuxième coup, le Cavalier (lettre « C ») du Roi Blanc saute allégrement par-dessus les pions et occupe la case f3. Sur ce, les Noirs ripostent par un mouvement identique de leur Cavalier-Roi. Manœuvre enfantine, dirais-je... Mais asseyez-vous en face de moi, monsieur Tielemans. Vous voilà Noir, maintenant.

- Je... je suis un Noir ?

- Façon de parler. Continuons. Troisième coup : le Fou-Roi des Blancs vient se coller au Cavalier Noir, imprudemment sorti de son écurie. Mais les Noirs, - vous donc, mon cher secrétaire, - contre-attaquent en plaçant leur Pion-Tour contre ce Fou, bien imprudent, lui aussi. Cette manœuvre constitue, si je me souviens bien, la défense Morphy, non, pardon, la défense Steinitz, je ne sais plus au juste. De toute façon, il va y avoir de la casse.

- Ça va barder ?

- Comme vous dites ! Quatrième coup : « F b5 x c6 ». Cette petite croix désigne une prise : Mon Fou a pris votre Cavalier ! Votre Cavalier Noir est mort ! Retirez sa dépouille ! Le secrétaire avança timidement la main et ne réussit qu'à renverser son propre Roi Noir, ce qui provoqua un éclat de rire de la part du magistrat :

- Vous adoubez, monsieur Tielemans ! Autrement dit, vous touchez une pièce que vous ne voulez pas jouer ! Mais passons. En fait, les Blancs ont commis une faute. Au 4e coup des Noirs, les Blancs risquent de perdre leur Fou, pris par le Pion-Reine, ce qui va libérer la Dame Noire. Saperlipopette !

Le Procureur s'était subitement arrêté, muet, le regard droit devant lui.

- Saperlipopette... comment n'ai-je pas songé à ça plus tôt ! Monsieur le secrétaire voulez-vous dire à Monsieur le Juge d'Instruction Dumoncelle que je souhaiterais le rencontrer ce matin même. Dites-lui que c'est urgent. Très urgent.

Lundi 10 mai, 9 heures 30

La pluie tombait drue. Mais hélas, Monsieur Léon Dumoncelle, juge d'instruction au Tribunal de Première Instance de Bruxelles, avait oublié son parapluie. C'est donc le col relevé, le feutre enfoncé, la tête baissée, qu'il courut vers le grand portique du Palais de Justice. Et c'est en s'ébrouant comme un canard qu'il poussa la porte de son bureau, au moment où un huissier lui remettait le dernier numéro du grand quotidien *Le Soir*. Il l'ouvrit et trouva en page 3 l'article auquel il s'attendait :

LA DAME NOIRE EST LIBÉRÉE

Les amateurs d'échecs auront appris avec satisfaction que le juge Dumoncelle a signé l'ordre de levée d'écrou de Marysia Stobolska, une noble Polonaise bien connue du Tout-Bruxelles et surnommée la « Reine des Échecs » - ou encore la « Dame Noire » à cause de ses somptueuses toilettes toujours sombres.

On se rappelle que Mademoiselle Stobolska avait été arrêtée après inculpation du meurtre commis à Tervuren sur la personne du lieutenant-colonel en retraite Albert de Foy, ancien officier du Régiment Royal des Guides. Brillant joueur d'échecs, Albert de Foy s'était illustré en battant récemment le champion de France, Grégoire Lassier.

C'est grâce à un témoignage tardif que la Dame Noire a été totalement innocentée. Elle pourra donc reprendre activement la direction du Cercle Échiquéen Moderne dont le colonel de Foy était l'un des piliers.

- Tout est donc à refaire, soupira Léon Dumoncelle en refermant le journal. La sonnerie du téléphone le fit sursauter.
- Monsieur le Juge, ici Frans Tielemans. Monsieur le Procureur souhaiterait vous rencontrer le plus tôt possible. Il veut vous montrer quelque chose. Quelque chose d'important, dit-il.
- Bien, bien. J'y vais de ce pas.

Le procureur semblait attendre le juge avec une certaine impatience.
- Bonjour, mon cher. Regardez donc ceci. Intéressant, n'est-ce pas ?

Un peu perplexe, Dumoncelle ne vit qu'un échiquier étalé sur le bureau. Le procureur lui tendit ensuite les lettres signées « Le Roi Noir ».
- Un inconnu m'a envoyé au jour le jour ces billets anonymes dont chacun indique un coup joué aux échecs. Le résultat final est ce début de partie indiqué là, sur cet échiquier. Ça ne vous dit rien ?

Rodolphe de Rochehault partit d'un franc éclat de rire devant l'air étonné de son collègue...
- Voyons, mon cher ! N'instruisez-vous pas l'affaire du meurtre d'un champion des échecs ? N'avez-vous pas fait incarcérer une personnalité connue du même monde ? N'avez-vous pas placé sous surveillance le « Cercle Échiquéen Moderne » ? Alors, de tels envois anonymes, échiquéens jusqu'à l'os, ça ne vous dit rien ?
- Non... Mais je note que l'auteur déclare qu'il n'est pas fou,- ce que disent les fous en général.
- Peut-être, peut-être... Mais je n'en suis pas sûr. Comment termine-t-il sa dernière missive ? Par une interrogation :

« Comprenez-vous maintenant? ». Eh bien, je crois avoir compris, et voilà qui va intéresser votre enquête.

Léon Dumoncelle restait perplexe, fixant son interlocuteur qui avait pris l'air d'un prof s'adressant à un cancre :

- La dernière lettre annonce la disparition du Cavalier Noir, du Cavalier de la Dame. Or, qui vient d'être assassiné, dans le petit monde des échecs? Le colonel de Foy, un officier de cavalerie que j'avais connu en captivité. C'était un grand ami de notre Dame Noire. Simple coïncidence peut-être, mais à votre place, mon cher juge, je ne négligerais pas cet élément.

Dumoncelle ne savait vraiment que répondre. Le procureur s'assit et lui désigna un siège.

- Asseyez-vous, je vous en prie. Comme je n'ai suivi votre enquête que d'un peu loin, je vous serais reconnaissant de me la résumer. Maintenant, si vous voulez bien.

- Euh... Voici, j'essaierai d'être bref. Fils de vieille famille, fortuné, célibataire, notre colonel habitait dans une jolie villa, « Les Charmes », à Tervuren, non loin du Musée Colonial. Il s'y était installé au retour de sa captivité en Allemagne et y vivait seul avec son ancienne ordonnance, Jules Buche, ex-prisonnier de guerre lui aussi. Passionné des échecs, le colonel commandita le Cercle Échiquéen Moderne dont la direction est assumée par la célèbre Marysia Stobolska.

- Et bien entendu elle était sa maîtresse.

- C'est ce que j'ai supposé, mais la Stobolska s'en défend énergiquement. Et c'est avec une pointe de mépris qu'elle m'a révélé le prénom de la petite amie du défunt colonel, une simple vendeuse du Grand Bazar.

- Alors, jalousie de la part de la Polonaise? Mais, dites-moi, y a-t-il d'autres directeurs dans ce fameux cercle?

- Non, mais plusieurs commanditaires : Nicolas Bisschops, gros propriétaire foncier; son beau-fils, Armand

Bonivers, industriel français ; Albert Mortier, chirurgien et neveu du précédent. Et enfin, quelqu'un qui doit vous être bien connu, Hans Van Drooghem, dit Bobby.

- Ah oui, le Hollandais ! Propriétaire de boîtes de nuit. Qu'est-ce que cet individu vient faire dans votre cercle de messieurs très bien ?

- Il s'occupe spécialement du dancing *L'Échiquier*, installé place de Brouckère au rez-de-chaussée de l'immeuble qui abrite le *Cercle Échiquéen Moderne* en son premier étage.

Le procureur eut un sourire quelque peu sarcastique :

- Curieux assemblage, n'est-ce pas ?

- Curieux assemblage en effet, et dû à cette Marysia : « Il faut employer des moyens modernes pour intéresser au noble jeu des échecs les jeunes d'aujourd'hui » m'a-t-elle un moment déclaré. Mais arrivons-en au drame.

"Le 29 avril, le colonel accorde à son ordonnance l'habituelle « permission de minuit » et Jules Buche s'en va jouer sa partie de billard dans un café du village. Entre 19 heures 30 et 23 heures 30, Buche n'a pas quitté le café, sa présence y est fermement établie par plusieurs témoignages concordants. Vers minuit, Buche revient aux « Charmes ». Étonné d'apercevoir de la lumière dans la bibliothèque, il pénètre dans cette pièce et découvre son maître écroulé dans son fauteuil, la tête reposant sur le bureau. Un filet de sang avait coulé de la tempe droite. Buche alerte la gendarmerie.

- Et le brave homme a cru à un suicide ?

- Exactement. Mais les constatations médicales ont radicalement écarté cette hypothèse. L'heure du décès se situait entre 21 heures 30 et 22 heures. L'arme du crime gisait sur le sol, près du bureau ; c'est le propre revolver d'ordonnance de la victime : un FN 9 mm. On y a relevé diverses empreintes, dont…

- … dont celles de Mlle Stobolska, n'est-ce pas ?

- Exact. Mais voici un détail intéressant : Un jeu d'échecs était disposé sur le bureau. En s'affaissant, le colonel avait dérangé les pièces, et dans un dernier spasme, sa main gauche s'était crispée sur l'une d'elles. Le colonel aurait-il donc joué une partie avec son assassin ? Mystère.

- Comment êtes-vous arrivé à inculper la Polonaise ?

- Le soir du crime un témoin a aperçu vers 20 heures une Peugeot noire, décapotable, s'arrêter devant la villa des Charmes. Une jeune femme, vêtue d'un élégant tailleur noir, en est descendue et a pénétré dans le jardin. Interrogée par moi le 1er mai, la Polonaise ne nie pas avoir rendu, le 29 avril, une visite amicale au colonel, légèrement souffrant. Elle revenait de Liège et s'était arrêtée un moment dans la villa que l'industriel Bonivers, le commanditaire français du Cercle, possède non loin des « Charmes ».

« La Stobolska semble ne vouloir donner aucun détail précis sur l'entretien qu'elle a pu avoir avec Albert de Foy. Mais elle affirme l'avoir quitté avant 9 heures.

« D'autre part la police a cherché, mais en vain, à identifier la maîtresse du feu colonel, cette petite vendeuse dont je parlais à l'instant. Seul, Jules Buche, l'ordonnance, nous en aura parlé - mais aussi Marysia, mise au courant par ce Buche. Celui-ci nous a déclaré que la Polonaise était terriblement jalouse et que c'est à cause d'elle que le colonel parlait de rompre, - sans conviction, je pense, car, d'après le peu que nous savons, ce fringant militaire semblait très amoureux de la vendeuse en question, une fille prénommée... euh... Charlotteke, oui, c'est ça, Charlotteke (1).

- D'où l'hypothèse d'un crime passionnel ?

- Oui, et ce d'autant plus qu'on découvre une nouvelle charge contre la Dame Noire : Celle-ci n'est rentrée au Cercle que vers 22 heures.

---

(1) Diminutif flamand, affectueux mais quelque peu populaire.

- Et bien entendu, pas d'alibi ?

- Non, pas d'alibi. Un trajet de 15 kilomètres en voiture ne demande pas une heure! Même la nuit! Mais l'intéressée déclare qu'à la sortie de Tervuren ses phares de route ont brusquement faibli. Elle a dû rouler lentement et souvent s'arrêter. L'éclairage normal ne s'est spontanément rétabli qu'aux portes de la ville. J'ai fait expertiser la voiture : Rien à signaler.

- Et là-dessus, vous inculpez et faites arrêter la dame…

- … laquelle se défend comme un beau diable, pardon, une belle diablesse. Non, une belle tigresse !! Jamais elle n'a été la maîtresse du colonel. Jamais elle n'a été jalouse des Charlotteke's et autres filles sur lesquelles de Foy jetait son dévolu. Et si elle a touché le revolver, c'est en feuilletant une pile de documents entassés sur le bureau et pour lesquels l'arme servait de presse-papiers.

- Une arme chargée jouant presse-papiers ?

- Oui, la villa étant un peu isolée, le colonel avait peur, - selon Mlle Stobolska.

- Peur ? Un ancien officier ? Tiens, tiens…

- Nous en étions là quand surgit un *deus ex machina* en la personne d'un cycliste bruxellois, un nommé Beulemans. Le soir du jeudi 29 avril, avenue de Tervuren, ce jeune homme avait failli être renversé par une Peugeot noire, mal éclairée. La conductrice, une jolie femme tout de noir vêtue, s'arrête et s'excuse. Le 3 mai, Beulemans découvre, dans *La Libre Belgique*, la photo de sa belle écraseuse. Il hésite puis se décide à aller témoigner dans un commissariat. Il précise même l'heure de l'accrochage manqué : 20 heures 55.

- Et là-dessus, je présume, confrontation entre le cycliste et l'écraseuse. Contre-expertise de la voiture. Nouveau témoignage du médecin légiste. Tout concorde. Et vous signez la levée d'écrou. c'est bien cela ?

- Oui, levée d'écrou le samedi matin, 8 mai. Pour la Dame Noire, c'est la liberté ; pour moi, le retour à la case départ…

- Dites-moi, mon cher juge. Lors de la descente de Parquet sur les lieux du crime, aurait-on noté le nom de la pièce que le défunt tenait dans sa main crispée ?

- Je ne le pense pas... Mais attendez, j'essaie de me souvenir en regardant votre échiquier. C'était, je crois, une pièce noire, assez grande.

- Ne serait-ce pas celle-ci ?

Avec un drôle de petit sourire, Rodolphe de Rochehault montrait à son collègue une pièce qu'il venait d'enlever de l'échiquier. Le juge Dumoncelle restait perplexe, puis, soudain :

- Mais oui, je reconnais la petite croix. Ce serait donc...

- ... le Roi Noir ! Mais oui, mon cher juge, le Roi Noir !

* * * *
* * *

PREMIER INTERCALAIRE

Chère Lectrice, cher Lecteur,

Vous m'excuserez, moi, votre auteur, d'intervenir personnellement, mais je voudrais éviter de couper le récit par un « flash back » d'une dizaine d'années.

Un an avant le début de la guerre - la seconde, bien sûr - débarque à Paris, venant d'on ne sait où, une jeune femme belle, gaie, très sûre d'elle-même. Volubile et excentrique, elle s'exprime avec un inimitable accent chantant, et tout de suite, on la compare à Elvire Popesco, la célèbre star roumaine.

Marysia Stobolska - car c'était elle - toujours élégante, toujours vêtue de noir, toujours bien accompagnée, va briller au Crillon, au Fouquet's, chez Maxim's, partout où il convient de voir et surtout d'être vu.

On lui attribue un « protecteur » - très puissant, disait-on. Et aussi, bien entendu, des amants - jeunes et beaux comme il sied. Des gens bien informés prétendent que le protecteur n'est qu'un mythe, et que Mademoiselle Stobolska descend d'une noble famille russe qui aurait réussi à abriter en Suisse, avant la catastrophe de 1917, une fortune considérable. Cette histoire, racontée en sous-main, fait le tour du Tout-Paris, et du coup les portes des salons les plus huppés du Seizième s'ouvrent devant la « Dame en noir ».

Quelque peu intrigués, le Quai d'Orsay et le Quai des Orfèvres, chacun de leur côté, mènent une petite enquête, sans grand résultat : Mlle Stobolska possédait un passeport polonais parfaitement en règle. Mais était-elle réellement polonaise? Possible... Certes, la très voyante jeune femme parle parfaitement le polonais - mais aussi le français, le russe et l'allemand, avec la même facilité. D'aucuns lui attribuent une origine israélite, et peut-être ont-ils raison. « Cette luxuriante chevelure noire, grommelaient-ils, ce n'est pas slave, mais là, pas du tout ! »

C'est à Monaco qu'un beau jour éclate le coup de théâtre. Assistant au tournoi international des échecs, Marysia provoque sans vergogne le grand maître Capablanca. Amusé, le célèbre champion cubain accepte le défi. À la surprise générale, il eut quelque peine à gagner la partie. Grégoire Lassier, le futur champion de France, se déclara heureux d'avoir pu obtenir la nullité.

Marysia est sacrée « Reine des Échecs ». Pour la première fois dans l'histoire du célèbre jeu, une femme se hissait à la hauteur d'un champion mondial. Et la « Dame en noir » devint, pour tout le monde, la « Dame Noire ».

À la déclaration de guerre, Marysia juge préférable d'aller s'installer à Nice. Sous l'occupation italienne, elle fait les beaux jours du Négresco, les beaux soirs de la Promenade - et le bonheur des échéphiles locaux. C'est là qu'elle eut l'idée de fonder, quelque part, un « Cercle » moderne, ultramoderne. Mais pas dans le Midi, pensait-elle.

Et puis, chère Lectrice, cher Lecteur, la roue de l'Histoire tourne (il est vrai qu'elle ne fait que ça depuis la Création). La France Libre libère l'autre France, et Marysia remonte à Paris.

Rappelez-vous, le Paris des années 44-45, c'était Saint-Germain-des-Prés et ses caves, le « Flore » et ses philosophes, le « Deux Magots » et ses existentialistes, le Boul'Miche et ses pannes de courant. Un soir, dans une cave de la rue des Canettes, Marysia, flanquée de Zabulon, un philosophe chansonnier, rencontre ses futurs associés, le Belge Bisschops et le Français Bonivers. Juliette Gréco chantait, ce soir-là, et Zabulon ne put s'empêcher de glisser à l'oreille de Marysia : « C'est fou, ce que vous vous ressemblez ».

Se découvrant une passion commune - les échecs ! - le Français, le Belge et la Polonaise décident de fonder un cercle, un grand cercle échiquéen, aussi moderne que possible. « Pas en France, dit le Belge. Non, en Belgique. Car nous sommes devenus riches, depuis la guerre. » Ce dont Marysia en convint aisément lorsqu'elle eut monté dans la voiture du Belge, une grosse cylindrée Chrysler dotée d'une gigantesque carrosserie aérodynamique. Et le pauvre Zabulon resta seul, abandonné, errant sur le parvis de Saint-Germain.

La roue de l'Histoire continuant à tourner, chère Lectrice, cher Lecteur, voilà l'Allemagne écrasée, le Japon atomisé - et Marysia installée à Bruxelles. Lors d'une soirée à « L'Éléphant Rose », un cabaret sélect de la Porte de Namur, elle complétera son comité fondateur en recrutant le patron de la boîte, le Hollandais Bobby Van Drooghem, qu'elle avait déjà rencontré à Paris. Puis, ayant réussi à s'introduire, Dieu sait comment, dans un cercle très fermé, Le Gaulois, elle y dîne un soir à la table du prince de Mérode. Assise entre le colonel de Foy et le docteur Mortier, elle s'adjoint ainsi un quatrième et un cinquième commanditaire. Sollicité lui aussi, le prince refuse fermement, mais avec une infinie délicatesse.

Deux ans plus tard, à Bruxelles, un immense calicot rouge se déployait sur la façade d'un immeuble de la place de

Brouckère sur lequel des ouvriers s'acharnaient depuis des mois :

L'ÉCHIQUIER
Cercle Échiquéen Moderne
Rez-de-chaussée : Dancing
Étage : Salons de Jeu d'Échecs
Ouverture prochaine.

Le matin du 24 décembre, ce fut l'inauguration solennelle, présidée par l'échevin de la Culture, lequel y alla de son petit discours :

« Je salue ici la noble étrangère qui, appuyée par un comité international, a conçu et réalisé l'idée originale de vulgariser l'admirable jeu des échecs en l'alliant à la musique si entraînante du jazz. Grâce à Mademoiselle Stobolska, Bruxelles peut s'enorgueillir d'un établissement nouveau dans l'Histoire, unique en Europe, inconnu dans le Nouveau Monde - que dis-je, inconnu dans l'Univers.

« Je loue ici l'organisation de cours échiquéens populaires, lesquels vont inculquer à la nouvelle génération, - si souvent désœuvrée et tentée par les plaisirs douteux, - les règles et les finesses du plus noble et du plus intellectuel des jeux. Et ces jeunes gens, sitôt leur partie terminée, n'auront qu'à descendre d'un étage pour se livrer au sport si moderne de la danse. Ainsi se reposeront-ils d'une activité intellectuelle par une activité physique, appliquant par là, d'une façon bien up to date, le célèbre adage : Mens sana in corpore sano.

* * * *
* * *

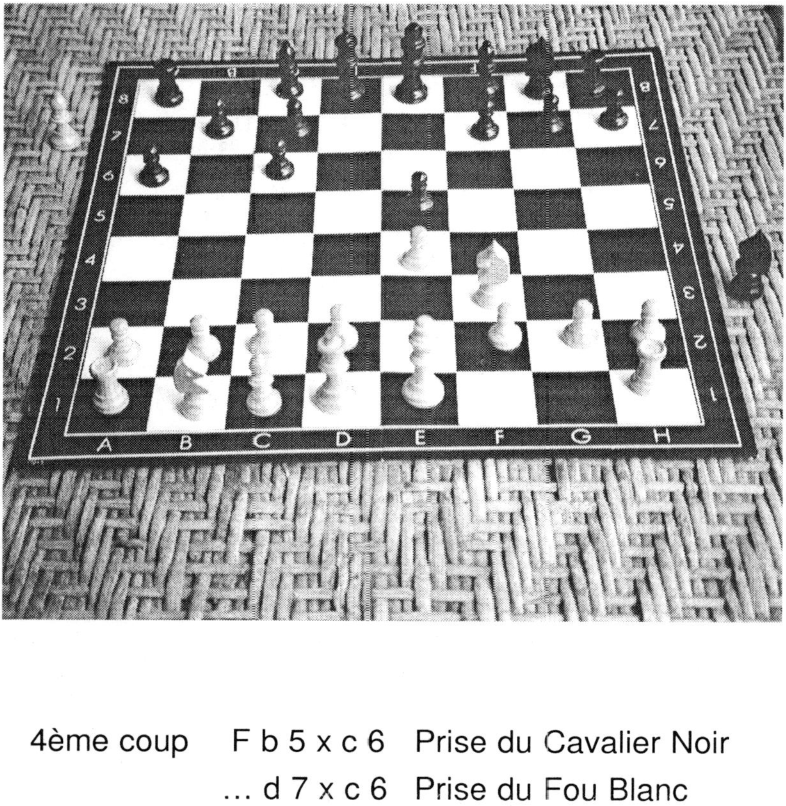

4ème coup F b 5 x c 6 Prise du Cavalier Noir
… d 7 x c 6 Prise du Fou Blanc

Chapitre II

LA DAME NOIRE

Lundi 10 mai, 21 heures

La pluie avait cessé. Mais la terrasse du *Métropole,* place de Brouckère, étant encore humide, le commissaire Paul Gilson et Andrée, sa femme - Dédée, pour les intimes - avaient préféré s'installer à l'intérieur, près d'une fenêtre. Assis devant un demi et un café-filtre, ils pouvaient observer, par-delà la fontaine monumentale de la place, la façade du *Cercle Échiquéen Moderne*. En ce moment, Paul rêvait en regardant Andrée, une jeune femme plutôt petite, à la mine éveillée, aux cheveux châtain coupés courts.

La journée avait été très chargée pour lui. Appelé dès 14 heures chez le juge Dumoncelle, il avait appris qu'on le chargeait de reprendre à sa base toute l'affaire de Foy. Puis le juge l'avait envoyé chez le procureur de Rochehault, lequel lui avait parlé, non pas d'enquête ou de juridisme, mais bien d'échecs et encore d'échecs. Le magistrat lui avait remis les lettres signées « Le Roi Noir », et un manuel élémentaire du jeu, et un petit historique des échecs. Et pour compléter le tout, un mignon échiquier de poche.

Puis, par téléphone, le commissaire avait donné deux rendez-vous au *Métropole*, l'un à l'inspecteur Maurice

Longueville, qui allait être son adjoint pour l'enquête, et l'autre à Lola Monet, une vieille amie d'Andrée, d'origine française comme elle.

Tout fier de son nouveau savoir, Paul Gilson expliquait doctement :

- Tu vois là, chérie, la grande enseigne lumineuse du Cercle. Tu vois, sur un échiquier, un Cavalier orange qui saute allégrement d'une case à l'autre, selon la règle du jeu. Eh bien, avant de revenir à son point de départ, ce Cavalier aura parcouru les 64 cases, au complet, sans jamais passer deux fois par la même. Cette enseigne résout ainsi un problème célèbre, auquel le grand mathématicien Euler avait daigné s'intéresser. Crac ! Le tour est terminé, l'échiquier s'éteint. Crac ! Tout se rallume, et le Cavalier orange reprend son infatigable galop…

Une femme jeune, grande, élégante, venait de franchir la porte d'entrée et se dirigeait vers la table des Gilson. Les embrassades et les salutations étaient à peine terminées qu'un petit homme nerveux, moustachu, les rejoignait et se présentait : « Inspecteur Maurice Longueville ».

- Ainsi que je vous l'ai expliqué, fit le commissaire, nous avons à surveiller de près le Cercle, ici en face. Ces dames se chargeront du dancing, où elles joueront aux clientes. Aucun problème je pense, sinon je ne les y enverrais pas ! L'inspecteur et moi nous nous réservons le gros morceau, les salles de jeu de l'étage; nous y trouverons l'inspecteur Castain. Lui, il fait la planque depuis huit jours, tenant vaille que vaille le rôle d'un minable amateur d'échecs. Il m'a fait savoir que les commanditaires se trouveront tous réunis ce soir pour accueillir un champion étranger.

Comme toujours, Dédée admirait son mari, distingué, décontracté, la quarantaine souriante. Et très sûr de lui. « Pas de question ? » ajoutait-il. L'inspecteur leva le doigt, comme à l'école :

- C'est que je n'y entends rien aux échecs, moi !

- Moi non plus, fit Lola d'un air faussement malheureux.

- Chère amie, Dédée vous expliquera, je lui ai donné une première leçon cet après-midi... Bon, maintenant, partez, Mesdames. Et bonne chance. Nous vous suivrons de près. Bien entendu, vous ne nous connaissez pas.

Bras dessus, bras dessous, bibi en tête et pressant le pas, les deux jeunes femmes traversèrent la place de Brouckère et entrèrent dans le fameux dancing.

- Pas mal, pas mal, firent-elles en chœur. Et même superbe !

Une salle assez grande, somptueusement décorée. Tout y rappelait le jeu des échecs, que ce soit le sol, carroyé en échiquier, ou les murs sur lesquels des tours séparaient des dessins humoristiques dus à Hergé lui-même : Tintin, Haddock, Tournesol, la Castafiore et même Milou, tous jouant aux échecs !

La piste était comble, et les couples, serrés l'un contre l'autre, faisaient de leur mieux pour marquer des pas de rumba : *« Fiesta, c'est la fête au Mexique... ».*

- Regarde l'orchestre, fit Andrée en s'asseyant à côté de Lola. Les musiciens sont en blanc, comme chez Ray Ventura, mais remarque bien les pupitres, alignés comme les pièces d'échec en début de partie. Chacun porte un panneau avec effigie : Les Fous pour les deux saxos, les Cavaliers pour le cornet et le trombone, les Tours pour la batterie et le string-bass. Et au centre, le Roi, chef d'orchestre, et la Reine, chanteuse de jazz. Le pauvre piano, lui, n'a eu droit qu'à un échiquier.

Lola parcourait la carte-programme.

- La chanteuse - la « Dame Blanche », paraît-il - s'appelle Gina Claretty et est parisienne. Quant à Bill, le chef - le Roi Blanc, nous dit-on - c'est un Américain, ex-GI, bien connu jadis à la Nouvelle Orléans. Non mais, regarde, Dédée, regarde ! Ce Roi Blanc est un Noir ! C'est un Roi Noir !

Andrée sursauta :

- Un Roi Noir? Mais Paul m'a parlé d'un fou qui envoie des lettres anonymes signées « Le Roi Noir ». Ça alors ! Non, rien à voir, je suppose... Moi, j'observe plutôt la chanteuse.

Grande fille aux longs cheveux blonds, Gina Claretty, était toute de blanc vêtue. Un décolleté très audacieux découvrait les bras, les épaules, tout le dos, et presque les hanches. Elle attendait un signal du chef, lequel venait de lancer l'orchestre dans un increvable tube d'avant-guerre, *« Bei mir bist du schön »*, une touchante mélodie contant les maladresses d'un pauvre émigré juif mélangeant le yiddish et le slang.

Avec leurs trente-deux ans bien sonnés, Andrée et Lola faisaient plutôt figure de grand-mères dans cette foule de jeunes. Mais dès les premières mesures, elles se trouvèrent invitées et entraînées par d'aimables messieurs nettement moins âgés qu'elles. Elles commençaient à échanger avec leurs partenaires les banalités de circonstance, quand leurs voix furent couvertes par celle de Gina Claretty, agréablement amplifiée :

"Bei mir bist du schön"
Please, let me explain,
"Bei mir bist du schön" means you're grand.

- Cette chanteuse est vraiment swing, n'est-ce pas? lança Andrée à tout hasard.

- Disons plutôt qu'elle est swod, ou peut-être rock, répondit le jeune cavalier sur un ton prétentieux. Tout le monde en est dingue. Dommage qu'elle soit la poule d'un des vieux grossiums de la boîte.

I could say : "Bella, Bella,"
Even way "Voonderbar".
Each language only helps me tell you how grand you are.

- Sans doute êtes-vous joueur d'échecs? lançait Lola de son côté, essayant de guider un cavalier qui s'embrouillait dans ses pas.

- Moi ? Pas du tout ! Je n'ai jamais mis les pieds à l'étage. Si, pardon, une fois. Il n'y a là que des vieux ! Et aussi quelques drôles de zigues... Des piqués...

So kiss me and say you understand !

Toute la salle applaudit. Comme Lola et Andrée regagnaient leurs places, elles aperçurent Gilson et Longueville passant devant la porte de la salle et se dirigeant vers l'ascenseur.

Même jour, 21 heures 30

Au premier étage un huissier-concierge demanda aux deux policiers leurs cartes de membre, puis s'inclina, semblant reconnaître l'inspecteur Longueville.

- Mademoiselle Stobolska, je vous prie.

- Salon Morphy, ici, à votre gauche...

Les deux policiers ouvrirent la première porte à leur gauche, laquelle donnait sur un bureau désert. Le concierge les y rattrapa :

- Pardon messieurs. Morphy, c'est la porte suivante. Ici, c'est le bureau Gréco.

- Merci. Mais nous voulons d'abord voir tout l'étage.

Piloté par Longueville, qui avait déjà enquêté ici-même, Gilson découvrit ainsi le bar Philidor, tout au bout du couloir, à côté des toilettes, puis les salons de jeu, chacun dédié à un maître échiquéen. D'abord, le salon Lasker, tapissé de grenat, et où les joueurs, attablés devant leur échiquier, ne levèrent même pas les yeux. Venait ensuite le salon Steinitz, où le jeune inspecteur Castain, visiblement dérouté par le jeu subtil de son adversaire, un étudiant indien, lança à son chef un regard de noyé.

Enfin, poussant la petite porte qui séparait le salon Steinitz du salon Morphy, les deux hommes se trouvèrent dans une large pièce, située en façade de l'immeuble. Dominant le salon, une immense panoplie couvrait le manteau d'une cheminée gothique. Au-dessus, les armes de Pologne : aigle d'argent sur champ de gueules. Face à la cheminée, un portrait en pied du grand maître Paul Morphy, lequel, dans son costume 1860, semblait sorti tout droit de la Guerre de Sécession.

- Oh ! Le cher monsieur policier Longueville ! Quelle bonne surprise ! Dobry wieczor ! Bonsoir, bonsoir...

Marysia Stobolska elle-même s'avançait vers l'inspecteur, les mains largement tendues.

- Et son collègue, l'honorable grand commissaire Gilson ! Paul Gilson, n'est-ce pas ? Mais c'est charmant, charmant. Venez, que je vous embrasse.

« Diable, pensait Gilson, comment connaît-elle mon nom ? » Un peu intrigué, il contemplait la « Dame Noire ». Une longue robe de soie noire, moulant un corps splendide, répondait au noir de la chevelure aile-de-corbeau, souple, ondoyante, tombant en larges boucles sur les magnifiques épaules nues. Peu de bijoux : un bracelet esclave et un collier de perles. Le maquillage, un rien renforcé, soulignait l'étrangeté des traits : des lèvres un peu épaisses, un menton volontaire, des joues osseuses à la Greta Garbo, un front bombé, des sourcils finement retouchés, des yeux noirs en amande dont le regard amusé s'appuyait alternativement sur l'un ou l'autre des deux policiers.

« Slave ? songeait Gilson. Jamais de la vie ! Turque, sans doute, ou grecque. Juive, peut-être ? En tout cas, une femme qui ne pourrait passer inaperçue ! »

Marysia se retourna vers les occupants du salon :

- Chers amis, je vous présente le commissaire Gilson et l'inspecteur Longueville, celui-ci vous étant bien connu, je pense.

Puis s'adressant aux nouveaux arrivants :

- Très chers messieurs policiers, voici l'excellent Nicolas Bisschops, le brave Armand Bonivers, le docteur Mortier. Et

Bobby Van Drooghem. Et le très renommé maître roumain Caralescu.

Les cinq hommes, en rang d'oignon, s'inclinèrent les uns après les autres. La Dame Noire appuya sur un bouton de sonnette, ce qui fit accourir l'huissier-concierge, jouant barman maintenant.

- Alphonse, ces très honorables messieurs sont mes hôtes. Du Mumm, extra-dry !

« Chers messieurs policiers, continua-t-elle en se retournant tout d'une pièce, je me doute du motif qui vous amène. Vous allez encore questionner la pauvre Marysia ? Moj Boze ! Mon Dieu, mon Dieu ! Le troisième degré, je suppose ? Nous passerons au bureau, dans le salon Gréco, ici à côté, dans un moment.

Elle désignait une porte près de la grande fenêtre, face à l'entrée du salon Steinitz. Longueville jugea bon de se confondre en courbettes :

- Vous êtes trop aimable, Mademoiselle. Veuillez croire que le parquet de Bruxelles, le juge d'instruction et nous-mêmes, à la Judiciaire, regrettons vivement, du fond du cœur, les quelques ennuis, les petits désagréments qui... Euh, que...

Marysia partit d'un franc éclat de rire :

- Oh ! Cher policier, vous voulez parler de mon séjour dans les fers ! Tranquillisez-vous, je m'y suis follement amusée... La prison de Forest manque un peu de confort, mais le directeur est un homme charmant, charmant ! Il a voulu jouer aux échecs avec moi et, bien entendu, je l'ai laissé gagner ! Sinon, il m'aurait jetée dans un horrible cachot !

Personne ne rit, mais tout le monde sourit. Et Marysia continuait :

- Et ce drôle de petit juge d'instruction ! Ha ha ! Il voulait à toute force me faire dire que le pauvre colonel et moi... Vous devinez ? Eh bien, non, non et non. Marysia est une femme indépendante... Pas de petit ami, pas d'amant ! N'est-ce pas, Messieurs ? lança-t-elle à la ronde.

Ces messieurs sourirent derechef. Seul, le maître Caralescu semblait un peu dépaysé. Le crâne strictement rasé, le maintien gauche, il suivait assez difficilement la conversation.

Fin psychologue, Gilson observait en silence. Que pensaient tous ces hommes ? Quelles idées se dissimulaient sous ces sourires ? À qui Marysia s'adressait-elle en jetant ses derniers mots, cinglants comme des coups de cravache ? À Nicolas Bisschops, grand vieillard plus que sexagénaire, blanc de cheveux mais droit comme un « i », qui ouvrait et refermait nerveusement le coffret d'un jeu d'échecs ? À Bobby Van Drooghem, grimaçant un rictus qui pouvait passer pour un sourire ? Au docteur Mortier, pâle, élégant, dont l'index relevait machinalement des lunettes à grosse monture d'écaille ? C'était le plus jeune de tous - trente-cinq à quarante ans, lui donnait le commissaire.

Réellement, Marysia constituait un « centre d'intérêt », comme aurait dit un pédagogue. À chaque instant, les regards convergeaient vers elle. Tout ne semblait vivre que de ses yeux, de son parfum, de ses lèvres. Seul, Armand Bonivers paraissait se trouver à cent lieues. Il consultait sa montre, tournait la tête vers la fenêtre, puis, soudain, son regard se posait sur la belle Polonaise, avec une insistance vraiment bizarre.

« Ma parole, songea Gilson, ils sont tous amoureux de cette femme... Moi-même, si je ne me connaissais pas... et s'il n'y avait pas Dédée... »

Il ne voulait pas s'avouer l'émotion indéfinissable qui s'était emparée de lui, dès son entrée dans le salon Morphy.

« Peuh ! ricana-t-il intérieurement. Une Claudette Colbert mâtinée d'une Elvire Popesco. Une Reine d'Orient, mais retouchée à Pigalle, puis revue et corrigée selon les goûts de Hollywood !... La Reine des Échecs swing !... »

- Cigarettes, chers policiers ? Prosze bardzo ! Je vous prie...

- Je vous remercie, Mademoiselle, fit Gilson en acceptant une Abdullah. Mademoiselle Stobolska...

- Dites Marysia, comme tout le monde !

- Mademoiselle Marysia...

- Non ! Marysia, tout court !

- Soit. Marysia, depuis quand connaissiez-vous le colonel de Foy ?

- Mais je l'ai déjà dit et répété, à la police, au juge ! C'était il y a deux ans, non, un an, je ne sais plus... Au Gaulois, ici, à Bruxelles.

- C'est alors que vous avez décidé la fondation de ce Cercle ?

- Non, c'est plus ancien. Cela s'était passé à Paris, avec ces chers Bisschops et Bonivers. À Saint-Germain des Prés !

- Ce sont eux qui ont introduit Van Drooghem ?

- Mais non, mais non ! Ce cher Bobby n'y connaît rien aux échecs. Mais c'est un homme de grande expérience en matière des plaisirs de la nuit.

- Nous savons, nous savons. Madem... pardon, Marysia, ce monsieur Lassier est-il aussi un commanditaire ?

- Pas du tout ! Le gentil père Lassier est un maître, un grand maître. Mais il ne possède aucune fortune. Nous l'aimons beaucoup, bien qu'il soit parfois un peu bizarre. Surtout depuis qu'il a perdu son titre de champion de France.

- Étiez-vous très liée avec le colonel ?

- Moi ? Non ! Le cher de Foy était un beau vieux monsieur, très distingué, avec de belles moustaches, et il s'imaginait que toutes les femmes devaient lui tomber dans les bras... Il faisait la cour à Marysia... Mais Marysia n'aimait pas ça ! Il ne faut pas mélanger les affaires de cœur, - ou de lit ! - avec les affaires tout court.

- Nous ne pouvons que vous approuver, Madame, fit Longueville resté silencieux jusqu'alors. Quand on a comme vous rencontré beaucoup de monde, quand on a beaucoup voyagé, quand on a connu... euh, je veux dire...

- Connu beaucoup d'aventures, n'est-ce pas? Allons, cher policier, lâchez toute votre vilaine pensée...

La Dame Noire parut se draper dans une dignité outragée. Et c'est en toisant le pauvre Longueville qu'elle continua :

- Marysia n'est pas une aventurière. Je suis née en Pologne; je suis la fille du comte Stobolski, fusillé en 1918 par les Bolcheviks. Ma chère Maman, d'origine albanaise, m'emmena dans son beau pays où elle devait mourir en 1934. Sans fortune, je suis restée seule dans la vie, et j'ai fait mon chemin toute seule.

« À l'âge de 20 ans, je reçus l'héritage de mon oncle, le vidame de Kiszvarda, ce qui m'assura un peu de confort... Et voilà tout... Quant à mon goût pour les échecs, c'est un don de famille. Mais j'ai raconté tout ça au petit juge...

- Mademoiselle, bafouilla Longueville, je ne voulais pas dire...

- Soit, coupa Gilson. Le 29 avril, vous reveniez de Liège, paraît-il?

- Oui, et à Louvain, je me dis tout à coup : Je fais un crochet par Tervuren et je vais surprendre le colonel dans sa villa. En même temps j'irai saluer la famille Bonivers. Vous savez, la pauvre femme d'Armand, la fille de Nicolas, elle souffre d'un cancer? C'est terrible, terrible. Le docteur Mortier ne pense pas qu'on puisse la sauver... C'est très grave, très grave. Dans six mois, le pauvre ami Bonivers sera un veuf... C'est très triste, très triste...

- Très triste, oui. Ce soir-là, donc, vous êtes d'abord allée chez les Bonivers?

- Moi?... Oui. Il y avait là le docteur, le père Lassier et aussi ce cher Nicolas.

- Ainsi, en cette soirée du 29 avril, tous les commanditaires se trouvaient à Tervuren?

- Tiens?... Oui, tous... Ah non, pas Bobby, il trônait sans doute à *L'Éléphant Rose*. Moi, j'ai pris un petit cocktail chez les Bonivers, dans leur belle villa du Roc, puis je suis allée aux Charmes, chez ce pauvre colonel...

- ... Où vous êtes arrivée vers huit heures.

Gilson décroisa les jambes et se pencha en avant.

- Quel fut l'objet de votre conversation avec le colonel?

- Oh!... Nous avons parlé de diverses choses, oui, de choses relatives au Cercle... sans intérêt pour vous, cher commissaire. Mais pourquoi, pourquoi toutes ces questions? Toujours les mêmes! De quoi me soupçonne-t-on? N'ai-je pas été reconnue innocente? Chwala Bogu! (1)

Le commissaire n'insista pas.

- Excusez-moi de vous importuner encore quelques minutes, mais pourriez-vous me dire s'il y avait un échiquier dressé sur le bureau du colonel?

Marysia manifesta un certain énervement, puis prit le parti de rire :

- Ha ha ha! Ce que vous êtes drôles, vous les gens de police! Quand je suis arrivée chez lui, Albert était occupé à composer un problème de mat inversé. Je vais vous expliquer, écoutez-moi.

- Mais non, mais non, n'expliquez pas... Donc, le colonel composait un problème...

- Vous voyez, policier, vous ne laissez pas parler Marysia! Albert et moi avons discuté, et pour soutenir mon point de vue j'ai dégagé, dans la pile de paperasses qui encombrait le bureau, le livre des « Échecs Artistiques » de Chéron. C'est ainsi que j'ai eu le malheur de laisser mes empreintes sur le gros pistolet qui servait de presse-papiers. Mais vous savez tout cela!!

---

(1) Dieu soit loué!

- Parfait, parfait... Quand avez-vous quitté le colonel ?

Marysia prit un air vraiment malheureux :

- Mais avant 9 heures, ai-je mille fois répété ! Vers 9 heures moins le quart.

Gilson ne pouvait vraiment pas avouer qu'on l'avait chargé de reprendre l'enquête « à la base ».

- Encore une question : En sortant de la villa, vous n'avez aperçu aucune ombre, aucune silhouette suspecte ?

- Mais non, il faisait déjà nuit...

- Bon, bon. Marysia, connaissez-vous le « Roi Noir » ?

La Dame Noire parut absolument stupéfaite :

- Le... Roi Noir ? Que voulez-vous dire ?

La porte du salon Morphy s'ouvrit brusquement, livrant passage à un Bonivers affolé :

- Marysia ! Messieurs !... Quel malheur !...

L'industriel s'appuyait au chambranle. Péniblement, il articula :

- Mon beau-père... Monsieur Bisschops... tombé mort... foudroyé... en jouant...

- Mort !

Déjà, Gilson et Longueville se précipitaient dans le salon Morphy. Sur le cosy-corner où on l'avait transporté, Nicolas Bisschops gisait inanimé, les autres le regardant quelque peu hébétés. Seul dans un coin, Lassier, effondré, s'épongeait machinalement le front. Quand Marysia entra à la suite des policiers, elle chancela et dut s'appuyer contre le mur.

- Nicolas... Brave et cher Nicolas... Non, non, ce n'est pas vrai... Pas vrai !

- Restons calmes, restons calmes, fit doucement Gilson. Que s'est-il passé ?

- Moi vous dire, essaya d'expliquer Caralescu dans son mauvais français. Tout à coup, je vois Monsieur Nicolas dressé droit, tout droit, chaise renversée. Veut arracher son col, étouffe dans sa gorge, tombe en avant, presque sur le jeu. Et voilà qu'il croule là, comme une pièce, devant cheminée. Gros malhér !

- Syncope cardiaque, compléta le docteur. Mon grand-oncle souffrait du cœur. Les deux policiers se penchèrent sur le corps.

- Vous êtes sûr de votre diagnostic, demanda Gilson au médecin.

- Les symptômes sont bien ceux d'une crise cardiaque ordinaire.

- Bon. Qui se trouvait dans cette pièce au moment du décès ?

- Nous tous, ici présents.

- Personne d'autre ?

- Non, répondit Mortier.

Sous les regards étonnés de Marysia, Paul Gilson parcourut la pièce en ayant l'air de fureter ça et là. Il ramassa une pipe qui traînait sur le sol, une curieuse pipe droite, à gros tuyau et à tête carrée. Sur chaque face du fourneau était gravée l'image d'un Pion Noir.

- Mais c'est la pipe du cher Nicolas, s'exclama Marysia. Le pauvre l'aimait tant ! Il ne fumait que des tabacs de la Semois, de qualité supérieure.

Machinalement, Gilson renifla l'engin. Et l'écarta immédiatement de ses narines. Puis, brusquement :

- Mademoiselle, messieurs, puis-je vous demander de quitter ce salon ? Merci.

Et quand tout le monde fut entré dans le bureau :

- Longueville, sentez donc cette pipe. Avec précaution ! Doucement ! Quelle odeur percevez-vous ?

L'inspecteur essaya, s'y reprit, puis leva des yeux étonnés :

- Les amandes amères... Oh mon Dieu !

- Je vois que vous avez deviné : L'acide prussique, le plus redoutable des poisons. Une seule goutte sur la langue d'un grand chien, et c'est la mort immédiate.

- Et alors, il y a eu meurtre ?

- Certainement. Longueville, passez dans les salons d'à-côté et récupérez-moi le petit Castain. Il passe sa planque à se faire battre aux échecs. Maintenant, il devra se tenir ici, et vous lui direz que le salon Morphy est condamné. Qu'on ne touche à rien, surtout pas au corps du défunt.

Il sortit de sa poche un mouchoir propre et en enveloppa la pipe. Puis continua, sur le même ton de commandement :

- Descendez, trouvez un téléphone, et demandez au Commissariat de la Première Division qu'on vous envoie deux agents en tenue. Et qu'on ne les relève que demain matin. Et surtout, racontez toute l'affaire à la permanence de la PJ et demandez qu'on insiste pour que le Parquet fasse une descente ici, demain, dans la matinée, vers dix heures si possible. Il y a eu meurtre prémédité, donc assassinat.

La tête rasée du Roumain parut dans la porte entrebâillée :

- Monsieur policier, monsieur policier. Vous excuser moi. Mais moi oublier vous dire : Mon Roi avait disparu. Regardez l'échiquier...

Pris d'une intuition subite, Gilson se pencha sur le corps de Bisschops et en fouilla les poches. Il en retira un petit objet dur, arrondi.

C'était le Roi Noir...

Même jour, 23 heures 30

Au rez-de-chaussée, on dansait, on dansait... Andrée et Lola connaissaient un succès fou, n'ayant pas raté un seul fox, une seule rumba. Elles avaient même dû se défendre contre les avances un peu trop précises de leurs tout premiers cavaliers. Quant à leur « mission de renseignement », c'était le bide total. Tout au plus des confidences dans le genre : « Le vieil ami du père de mon copain, il dit que la femme en noir, là-haut, elle a beaucoup d'amants... ». Et autres bobards sans valeur...

L'orchestre achevait la mélancolique mélodie *« Amor, amor, amor... »* chantée par une Gina languissante. Et maintenant, il attaquait une conga, *« La Havane à Paris »*. Bill, le Noir américain, avait troqué la baguette pour la batterie, envoyant le batteur déployer ses talents sur un simple tambour allongé (une « conga », précisément). Et Gina se déchaîna, chantant, dansant, gigotant des hanches et des fesses, envoyant au public les éclairs de ses yeux bleus, bleus, bleus. Et l'orchestre, copiant ici Ray Ventura, répétait certaines paroles en écho :

*A danser, (*écho *: A danser !)*
Tout le monde, tout le monde, tout le monde,
*La Conga ! (*écho *: Cua, cua, cua !)*

Puis soudain, à la batterie, Bill se déchaîna à son tour, projetant d'éblouissantes fantaisies de percussion, genre Dixie, sur les syncopes du rythme cubain. Ce fut du délire. Gina, encouragée, se lança dans l'espagnol :

Voilà ! mine Graoye la Conga en Paris
Que de la Habana Ile gocon fue go triunfal
*La Conga ! (*écho *: Cua, cua, cua !)*

« Vraiment, se disait Andrée, il ne lui manque que les castagnettes. Et une longue robe bariolée à larges volants ».

Et l'on applaudit. Et l'on applaudit : « Bravo Gina, bravo Bill ! » Puis un grand costaud hurla, debout :

- Hip Hip Hip Hurrah ! Pour le Roi Noir ! !

* * * *
* * *

5ème coup : d 2 - d 4 —

… e 5 x d 4 Prise du Pion

Chapitre III

LE FOU BLANC

Mardi 11 mai, 0 heure 30

- Dites-moi, Longueville, ne trouvez-vous pas étrange que le pauvre vieux décède au moment même où il voulait me faire une « communication importante », selon ses propres termes ?

- Oui, monsieur le Commissaire, étrange, très étrange, répondait l'inspecteur en étouffant un bâillement.

Seuls, enfin seuls ! - assis devant la grande table du bureau Gréco, les deux policiers se sentaient quelque peu fatigués.

D'abord, ils avaient dû s'occuper de Gina Claretty. Remontant du dancing, peu après minuit, la chanteuse avait bousculé sans vergogne le petit Castain, pénétré d'autorité dans le salon Morphy… et piqué une crise de nerfs en découvrant le corps sans vie de Nicolas Bisschops. Longueville lui avait administré la paire de claques de circonstance, puis aidé Marysia, elle-même en larmes, à conduire Gina dans la chambre qui lui était réservée, au troisième étage.

Puis cela avait été le tour de l'ex-champion Grégoire Lassier, tombé dans une sorte de prostration et murmurant, tandis qu'il regardait fixement le sol : « Je ne veux pas rentrer chez moi. Je ne veux pas qu'on retrouve le Roi Noir, cela porterait malheur ». Les deux policiers l'avaient secoué puis confié aux bons soins d'Armand Bonivers, lequel avait rappelé que Lassier, l'un de ses employés, souffrait de dépression depuis sa cuisante défaite devant le colonel de Foy.

Puis il leur avait fallu soutenir Caralescu. Sur le point de tourner de l'œil, le fameux maître grommelait, avec son drôle d'accent : « Malhér ! Malhér ». Et Longueville l'avait à son tour conduit au troisième étage, dans une chambre d'ami.

Puis on avait dû aider les deux ambulanciers chargés de transporter le défunt à la morgue. Et pour cela, s'engager difficilement, avec eux et leur civière, dans le tortueux escalier privé qui partait du bureau et conduisait à une rue adjacente.

Et enfin Gilson avait dû déployer tout son charme pour calmer Marysia qui répétait :

- Mon Dieu, mon Dieu ! Moj Boze ! Quel horrible drame, n'est-ce pas cher monsieur commissaire !

Gilson en avait conclu qu'il était inutile de procéder maintenant à des interrogatoires. Et il avait renvoyé chez eux ces messieurs, leur fixant rendez-vous pour le matin suivant, à dix heures.

- Vous aussi, Marysia, montez vous coucher. Mais… Mais auparavant, pourriez-vous me donner, si possible, un plan de l'appartement ?

Un peu étonnée, la Polonaise avait sorti d'un tiroir le document demandé.

- Qu'allez-vous en faire, cher policier commissaire Gilson ?

- Le faire parler. Sur ce, je vous en prie, allez gentiment au dodo.

Là-dessus, Gilson avait enfin pu s'asseoir, déployant le plan sur la grande table.

- Longueville, au travail !… Entrez !

C'était l'huissier-concierge, qui se crut obligé de prendre un ton compassé :

- Deux messieurs de la police souhaitent parler à ces deux messieurs de la police.

Paul Gilson partit d'un grand éclat de rire :

- Merci, mon brave! Longueville, allez voir. Il ne peut s'agir que des deux agents dépêchés par la Première Division. Installez-en un dans le salon Morphy et l'autre dans le couloir - avec un fauteuil, bien entendu. Et que le jeune Castain aille se coucher.

Il commençait à examiner le plan quand à nouveau on frappa à la porte :

- Entrez!

- Cher policier commissaire, fit Marysia en faisant une timide entrée, je ne parviens pas à dormir. Pourquoi ces agents en uniforme? Que se passe-t-il donc?

- Vous dirais-je, Marysia, que la mort de votre ami Bisschops est suspecte, très suspecte. Des experts viendront procéder à des examens, dans la matinée.

- Moj Boze! Mon Dieu! Le pauvre Nicolas aurait-il été assassiné?

- Je ne sais pas... Mais je vous en prie, Marysia, retournez dans votre appartement... Et prenez quelque chose, un calmant, du Valium, que sais-je. Un mot cependant : dites-moi, comment va la chanteuse?

- Gina? La pauvre... Ce cher Nicolas était son bienfaiteur... Non, son protecteur, comme vous dites sans doute. Enfin, son ami, quoi... Son grand ami... Très grand ami.

- Merci. Et maintenant, Marysia, je vous en prie, laissez-nous travailler... Bonne nuit!

La Dame Noire se retira en lançant à Paul Gilson un long regard. Un très long regard.

- Au travail, Longueville! Nous avons des tas de problèmes à résoudre : D'abord, le mobile, et ce sera le plus dur. Puis la pipe, bien sûr. Et même le Roi Noir... Entrez!

La porte du bureau s'ouvrit brutalement, livrant passage à un Noir, très élégant dans son complet blanc cintré, mais visiblement éméché.

- Qui êtes-vous ?

L'homme parut hésiter, puis se mit à rire :

- Ha ha ha ! I am the Black King !

- Quoi ! ? Le Roi Noir ?

- Yes, sir. Normally, I am the white king of the white jazz-band in the dancing below. But tonight, I was acclaimed « Black King » by the public. Isn't it funny ?

L'homme partit d'un nouvel éclat de rire tandis qu'il s'accrochait au chambranle :

- Where are Gina and Marysia ?

- They are sleeping, fit Gilson qui commençait à s'énerver.

- Together ?

- Si elles couchent ensemble ? Ça, mon vieux, vous m'en demandez trop. Longueville, reconduisez cet énergumène jusque sur le trottoir et dites à l'agent en faction que plus personne ne peut pénétrer dans ce bureau. Je dis bien : Plus personne. Je veux la paix, la paix, la paix !

Et le commissaire se rassit derechef et contempla le plan étalé sur la table. Puis, pris d'une idée subite, il sortit un mouchoir de sa poche et en retira une figurine d'ivoire qu'il regarda pensivement. Cette pièce appartenait à un fort beau jeu datant sans doute du XVIIIe siècle. Elle représentait une curieuse tête de nègre grimaçant sous une couronne.

- Voyez donc, dit-il à Longueville qui poussait la porte en hésitant. Le voilà, ce Roi Noir baladeur. C'est un Nègre, lui aussi. Qu'avez-vous fait du vôtre ?

L'inspecteur se massait douloureusement la joue gauche.

- Mon Roi Noir, il était... euh... plutôt noir, salement noir. Schlass, quoi ! Et plutôt batailleur que batteur ! On s'y est mis à trois pour le flanquer dehors. Et moi, je suis bon pour un coquart !

- Sincères condoléances, fit Gilson en riant. Et maintenant, au travail ! Pour de bon !

Cercle Echiquéen - Schéma du 1er étage

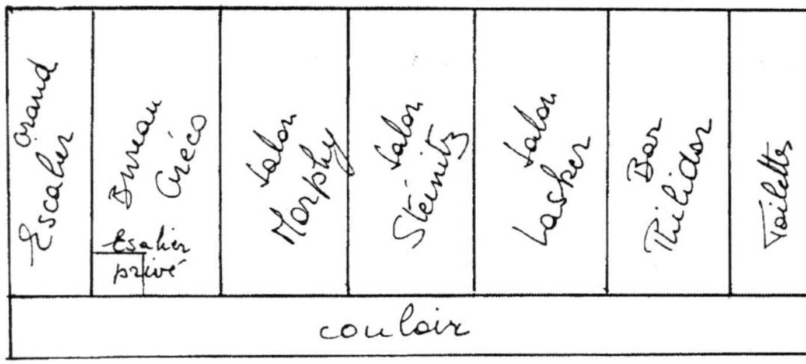

Situation le lundi 10 mai, vers 22 heures.

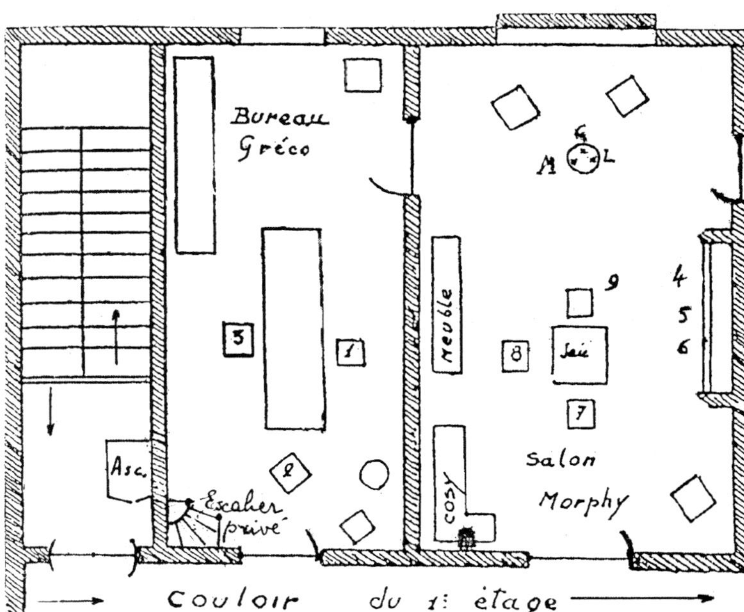

Il arracha du plan la partie qui l'intéressait et se mit à parcourir de long en large le bureau Gréco et le salon Morphy, sous l'œil atone de l'agent de piquet, affalé dans un fauteuil.

- Longueville, j'ai annoté le document, dites-moi si vous êtes d'accord. Voici les places occupées par les témoins au moment du décès de Bisschops. Numéros 1 et 2, c'est vous et moi dans le Greco ; le 3, c'est Marysia. Dans le Morphy maintenant, au moment où nous en sortions : 4, Mortier; 5, Bonivers; 6, Van Drooghem; 7, Caralescu; 8, Lassier; 9, Bisschops, mort. D'accord ?

- Je crois que c'est bien cela.

- À présent, raisonnons. Il est évident que ce n'est pas le pauvre Bisschops qui a empoché le Roi Noir. Notre X, auteur de cette mauvaise plaisanterie, aura opéré très rapidement, profitant de la bousculade qui a suivi la chute de Bisschops.

- Mais, remarqua Longueville qui continuait à se masser la joue, pour que cet X agisse avec une telle précision, il fallait qu'il s'attende au décès du joueur !

- Il s'y attendait, soyez-en persuadé. À mon avis, les assassins de messieurs de Foy et Bisschops ne sont qu'un seul et même personnage, auteur des lettres anonymes adressées au procureur.

- Notre X, le chapardeur du Roi Noir?

- Peut-être...

- Mais alors, qui serait X ?

- Bonne question, mon cher, répondit Gilson avec un sourire. Qui donc ? Certainement pas Caralescu, pauvre Roumain embarqué dans cette galère ! Restent alors, tout aussi suspects a priori : Bonivers, Mortier, Lassier, Van Drooghem. Tous ont pu enlever le Roi Noir de l'échiquier et le glisser dans la poche du mort. Tous !

- Mais pourquoi, pourquoi ?

- That is the question, comme dirait notre autre Roi Nègre.

- Et la Polonaise, notre très bizarre Dame Noire ? Qu'en faites-vous ?

- Mais rien. N'a-t-elle pas été innocentée du meurtre de Tervuren ?

Paul Gilson resta un long moment silencieux.

- La pipe a été empoisonnée, certes, mais nous ne savons pas quand. Si Caralescu n'avait pas gentiment défié Bisschops, celui-ci rentrait tranquillement chez lui, pipe en poche. Et mourait à son domicile, tout simplement. Ou ne mourait pas, car il n'était pas un grand fumeur, selon ses dires.

- Sommes-nous bien sûr qu'il s'agisse d'un empoisonnement ? Le docteur avait diagnostiqué une crise cardiaque...

- ... dont les symptômes sont très semblables à ceux d'un empoisonnement au cyanure, je sais, je sais. Les experts en débattront. Longueville, à notre tour d'aller au lit. Mais auparavant, nous allons étiqueter les coupes à champagne abandonnées ça et là. Vérifiez si je ne me trompe pas. Sur le guéridon, voici les nôtres, vides, marquées G et L et celle de Marysia, marquée M, vide elle aussi. Tiens, elle a bu ?

- Oui, elle s'est trouvée indisposée lorsqu'elle a aperçu le corps ; il m'a alors semblé qu'elle buvait dans une coupe.

- Celle-là ? Bon. Voici celles de Mortier, de Bonivers, de Van Drooghem, dans cet ordre, sur la cheminée. Et voilà, sur la table à jeu, celles de Bisschops, de Lassier et de Caralescu. D'accord ?

Longueville réprima un bâillement, ce qui réveilla la douleur dans sa joue gauche.

- Allons, fit gentiment Gilson. Embrocation, Valium, dodo. Et pas de cauchemar ! Pas de Roi Noir étrangleur dans vos rêves.

Mardi 11 mai, 9 heures 30

- Bonjour, monsieur le Commissaire. Comment allez-vous ?

Paul Gilson sursauta. Il avait mal dormi, raté son petit-déjeuner et présenté un visage grognon à Andrée, sa femme, qui commençait à s'énerver : « Mais enfin, qu'y a-t-il ? » Arrivé à neuf heures au Cercle Échiquéen, il s'était enfermé, pensif, dans le bureau Gréco après un « bonjour » renfrogné adressé aux deux agents de garde. L'entrée en trombe du procureur Rodolphe de Rochehault le surprit complètement.

- Mon cher commissaire, je me suis substitué à mon substitut, si j'ose dire, et ainsi participerai-je à la descente du Parquet. Cette affaire commence à passionner le vieux joueur d'échecs que je suis. On vient de me mettre au courant des derniers événements. C'est renversant. Mais tout d'abord, lisez cette lettre anonyme arrivée ce matin. Il tendit à Gilson un feuillet dactylographié :

Monsieur le Chef du Parquet à Bruxelles
Vous avez sans doute compris, n'est-ce pas ?
Je ne suis pas fou, mais :
4 : ... d7 x c6
Vous l'aviez peut-être prévu
Mais vous n'y voyez pas encore bien clair
TANT PIS POUR VOUS !

(s) Le Roi Noir

- Excusez-moi, mais je ne comprends pas...

- Regardez, commissaire.

Le procureur s'était approché d'un guéridon où traînait un échiquier avec des pièces en désordre. Rapidement, il dispossa le jeu selon le petit plan qu'il venait de retirer de sa poche, et dit :

- Voilà où nous en étions hier, d'après les missives reçues ces derniers jours. Le Fou Blanc, qui vient d'occire le Cavalier Noir, s'est mis sur c6 en position bien dangereuse. Et la sanction tombe aujourd'hui : le Pion-Reine des Noirs, resté jusqu'ici dans son berceau d7, vient de liquider le Fou Blanc.

D'un coup sec, Rochehault bascula le Fou Blanc puis le ramassa et le montra au policier :

- Allons, allons, commissaire. Faites travailler vos petites cellules grises, comme le dirait cette bonne Agatha Christie. Comment les Anglais appellent-ils le Fou des échecs ?

- ...

- The Bishop, l'évêque ! Bishop c'est Bisschops !

- Vous... Vous croyez ? Quelqu'un - l'assassin sans doute - nous annoncerait les meurtres ? Car cette lettre a été postée hier, n'est-ce pas ?

- Hier. Mais oui, hier ! Ce mystérieux personnage, qui s'y connaît très bien en matière d'échecs, doit appartenir au petit monde du Cercle Échiquéen. Néanmoins, il doit s'agir d'un fou, un fou dangereux. Mais qui ?

Gilson resta un long moment silencieux.

- Un fou ? fit-il. Je n'aime pas le mot. Je dirais plutôt un refoulé, un humilié peut-être. Quelqu'un qui veut prouver à la société - et à lui-même - qu'il est capable d'accomplir quelque chose de grand, de terrible. En fait, quelqu'un qui souffre de graves problèmes relationnels. Et comme beaucoup d'individus de cette sorte, il peut très bien avoir un comportement général plus ou moins normal. Et même se montrer intelligent, séduisant. Jusqu'à ce qu'éclate une crise. C'est Freud d'ailleurs, qui, dans son ouvrage sur la « Pathologie de la vie de tous les jours », déclare explicitement que...

- Ah oui, j'oubliais, vous êtes licencié en psychologie. Mais asseyons-nous un moment en attendant l'arrivée de ces messieurs. Vous vous rappellerez, commissaire, que nous nous étions rencontrés avant la guerre ? À Liège, où j'étais un modeste substitut.

- Parfaitement, monsieur le Procureur.

- Vous aviez brillamment résolu une affaire de meurtre et d'espionnage (1). Je crois me souvenir que vous vous étiez fait assister par une jeune femme qui était... était... voyons, comment dire, une entraîneuse, oui, c'est cela, une entraîneuse au *Shanghai.*

- Exact, monsieur le Procureur. Alors, c'était Dédée. Aujourd'hui, c'est Madame Andrée Gilson.

Paul se retint de sourire devant l'air choqué pris par Rodolphe de Rochehault, descendant d'une de ces vieilles familles où l'on cultive encore certaines valeurs...

- Sachez, monsieur le Procureur, que pendant l'occupation allemande, ma femme a profité de l'expérience acquise dans ce métier pour organiser un réseau de renseignements s'étendant même jusqu'à Liège et jusqu'à Lille. Conséquences : une année dans le sinistre camp de Ravensbrück, six mois dans un sanatorium ardennais, deux décorations, une belge et une française... Et puis le mariage. Mais pas d'enfants, malheureusement.

Rodolphe de Rochehault parut quelque peu embarrassé.

- Excusez-moi, bredouilla-t-il, je ne savais pas. Et vous-même, pendant la guerre ?

- Un peu d'Armée Secrète. Et un doctorat en psychologie...

- Ce qui nous ramène à notre sujet. Vous disiez, je crois, que Freud...

On frappa à la porte. C'était Alphonse, le concierge-huissier-barman qui prit, cette fois encore, cet air compassé qui lui semblait propre :

- Plusieurs messieurs désirent parler à ces messieurs.

- Le Parquet ! firent en chœur le policier et le magistrat en se levant.

---

(1) voir « À une minute près », roman policier, même auteur, même éditeur.

Même jour, 12 heures 30

- Et alors, cette descente du Parquet ?

Paul Gilson venait de rentrer chez lui et s'était affalé dans un fauteuil.

- Et alors ? répétait Andrée.

- Et alors ? Rien, ou presque.

- Tu ne veux rien dire à ta femme, n'est-ce pas ? À celle qui fut si souvent ta complice. Ta petite Mata Hari, comme tu disais jadis.

- Ça va, ça va ! Tandis que les experts se répandaient dans le salon Morphy, mesurant et photographiant à qui mieux mieux, les deux magistrats faisaient venir les témoins du drame, qui attendaient au second étage. Parmi eux les deux femmes du groupe, celles qu'on appelle la Dame Noire et la Dame Blanche. Tristes, infiniment tristes l'une et l'autre, mais jolies quand même. Je les ai prises à part.

- Bien entendu ! Tu ne peux te passer d'avoir des femmes tout près de toi !

- Mais pas du tout !! Je voulais simplement leur dire ceci : Méfiez-vous, Mesdames. Soyez prudentes, très prudentes. Un psychopathe semble s'acharner sur les membres de votre cercle.

- Tu les crois en danger ?

- Je ne crois rien, je ne sais rien. Les magistrats, les policiers, moi-même, nous pataugeons tous dans la purée. Tout devient possible. Chérie, tu veux bien me servir un gin tonic ?

Et tandis qu'Andrée s'affairait au petit bar du living, Gilson continuait :

- Tu m'écoutes ? Bon. Après avoir consigné tout le monde dans le salon Steinitz, les magistrats s'installent dans le bureau Gréco, avec nos inspecteurs Longueville et Castain. Moi, je m'empare de Pottier, l'expert que tu connais.

- Le petit rigolo qui est venu dîner ici ?

- Lui-même. Quand il eut bien saupoudré et photographié tout ce qui lui tombait sous la main, il me déclara : Bien entendu, il faut attendre les photos de toutes ces empreintes digitales, mais les premiers relevés sont suffisamment parlants pour l'œil. Voici…

- Et voici ton verre, chéri !

- Merci, chérie. Mais je ne vais pas t'ennuyer avec des détails techniques. Qu'y a-t-il pour le déjeuner ?

- Une toute petite salade liégeoise et des carbonnades flamandes.

- Bravo. Vive la Belgique. À table, chérie. Puis je rédigerai mon rapport et je te le montrerai avant de le porter au Parquet.

Même jour, 14 heures 30

Paul ne rédigea pas de rapport chez lui, mais se rendit directement dans les laboratoires de la Judiciaire.

- Les photos sont prêtes, voilà, voilà, dit joyeusement l'expert Pottier. Sur le Roi Noir, deux paires d'empreintes assez nettes. Première paire, A', un pouce ; A'', un index ; deux empreintes de type « verticille » appartenant sans nul doute à une même personne que nous appellerons A. Deuxième paire : B', un pouce ; B'', un autre doigt ; deux empreintes de type « spiral » appartenant à une même personne B, différente de A.

« Sur la pipe, maintenant, voilà, voilà : trois fragments difficilement discernables et assez brouillés. Un fragment du type A', pouce de la personne A ; deux autres fragments que j'appellerai C' et D'.

- Continuez.

- Voilà, voilà. Sur les coupes de champagne que vous aviez si bien étiquetées, nous trouvons les empreintes de toutes les personnes présentes au moment du décès.

Elles m'ont permis d'identifier C et D.

- Ah? Qui est-ce? Mais pourquoi riez-vous?

- C, c'est vous, commissaire; D, c'est l'inspecteur Longueville!

Gilson émit un petit rire nerveux, un rire de détente.

- Évidemment! Longueville et moi avons tripoté cette pipe en tous sens. Continuez, Pottier.

- Voilà, voilà. Passons au jeu d'échecs, au fatal jeu d'échecs. Côté Blanc, voici les empreintes de Monsieur Bisschops. Mais je les retrouve sur le Roi Noir du Roumain, ces empreintes que j'avais appelées « A ».

- Bisschops aurait enlevé le Roi de son partenaire?

- Je ne sais. Mais ce dont je suis sûr c'est que les empreintes « B », découvertes elles aussi sur le Roi Noir, sont celles de Mademoiselle Stobolska, celles que j'ai relevées sur la coupe de champagne dans laquelle elle a bu.

- Marysia? Impossible!

- C'est vous qui le dites! J'ajouterai que les empreintes du Roumain ne se retrouvent pas sur son propre Roi Noir. J'ajouterai aussi que toutes ces empreintes sont très fraîches et très nettes. Ce jeu, qui me paraît bien entretenu, a dû être nettoyé récemment. Voilà, voilà.

Quittant le sympathique bertillologue, le commissaire Gilson s'en fut retrouver les inspecteurs Longueville et Castain, convoqués dans son bureau. Il eut un gentil sourire à l'égard de Longueville, qui arborait un magnifique coquard.

- Mes chers amis, il nous faut faire un tour d'horizon, mettre en commun tout ce que nous savons et tout ce qui a été dit le matin lors de la descente du Parquet. Cette affaire sort de la criminologie ordinaire. Si mes suppositions sont exactes, je crains que la série de meurtres ne fasse que commencer. Tel est également l'avis du juge Dumoncelle et du procureur du roi. Pourvu que cette partie d'échecs, celle qui est communiquée coup après coup au procureur, pourvu qu'elle ne comporte pas trop de prises de pièces.

- Comment, chaque prise symboliserait un meurtre ?
- Pire, elle l'annoncerait. Nous devons mettre au point un système de surveillance rapprochée sur messieurs Bonivers, Lassier et Mortier, ainsi que sur les deux Dames.
- Et Van Drooghem ?
- Lui comme les autres, bien qu'il soit assez grand pour se protéger par ses propres moyens !
- Mais, fit timidement Castain, que sont au juste ces personnes ?
Longueville leva la main.
- Je puis vous le dire. N'oubliez pas qu'il y a douze jours que je suis sur l'affaire. Bonivers, d'abord. Industriel français, il possède une linière à Roubaix et une autre à Malines. Depuis qu'il s'occupe du Cercle, il s'est fixé en Belgique. Il y a quelques mois, il fut victime d'un accident de voiture, près de Malines. Il ne fut que légèrement blessé, mais sa fille unique, une belle jeune fille de dix-sept ans, fut tuée à ses côtés, la tête écrasée. Horrible. Et maintenant, il assiste à la lente agonie de sa femme, victime d'un cancer.
- Le destin ne l'a pas gâté...
- Bonivers était jadis un bon vivant, quelque peu noceur, avec des petites amies ça et là. Aujourd'hui, c'est un homme sombre, taciturne. Il a cherché un refuge dans les affaires, mais actuellement celles-ci traversent l'une de ces crises graves qui frappent périodiquement le textile.
- Triste, très triste. Et Lassier ? demanda Gilson.
- C'était un employé modèle de l'usine Bonivers à Roubaix. Passionné des échecs, il devient champion de France, jusqu'au jour où, comme vous le savez je pense, il subit une cuisante défaite infligée par le colonel de Foy. D'où dépression, marasme. Bonivers le prend en pitié, le transfère à l'usine de Malines et lui trouve une petite chambre à Bruxelles, près de la gare du Nord.
- J'ai noté qu'il souffrait d'un eczéma aux mains, remarqua Gilson.

- Et d'autres choses encore. C'est un homme fini, conclut Longueville.

- Continuons, fit Gilson. Le docteur Mortier?

- J'ai des renseignements, fit Castain de sa petite voix timide. Je les tiens d'un ami, étudiant en médecine. Il y a un an, un événement malheureux vint briser une carrière de chirurgien, qui cependant s'annonçait brillante. Appelé d'urgence au chevet d'une parturiente, Mortier pratiqua une césarienne, mais ne put sauver ni la mère, ni l'enfant. Or, cette femme était la fille d'un puissant industriel qui exigea une enquête. Il fut démontré, paraît-il, que Mortier avait commis une faute professionnelle pendant l'opération. Vrai ou pas vrai, je ne sais. Mais Mortier fut rayé de l'ordre des médecins. Et cette décision l'a profondément affecté. Décision injuste, selon mon ami étudiant.

- Ainsi donc, conclut Gilson, voilà trois personnes en lesquelles je verrais très bien de ces traumatisés capables de signer « Le Roi Noir ...», et de passer à l'action.

- Et Van Drooghem? demanda Castain.

Le commissaire et Longueville partirent d'un grand éclat de rire :

- En voilà un qui n'a rien d'un psychopathe, fit Gilson. Sujet hollandais, il a quitté son pays après quelques affaires plus ou moins troubles. Pas de casier judiciaire cependant, ni ici, ni en Hollande. Ni en France, où il a quelque peu résidé. Un malin, donc. Très riche, très influent. Propriétaire du luxueux *Éléphant Rose*, rue du Pépin, et d'autre petites boîtes ça et là. Surnommé à Bruxelles et autre part le Roi des Cabarets.

- Tiens, encore un roi!

- Mais celui-là n'est ni noir ni blanc! Sa présence dans cette association de gens honorables ne cessera de m'étonner.

- Et les deux Dames? lança Castain.

- La Blanche, répondit Longueville, une cocotte qui a réussi dans le métier. Entretenue par feu Bisschops, elle occupe une belle villa près de Waterloo. Jolie fille, gentille, un peu bébête. Très appréciée comme chanteuse de jazz. Rien d'autre à signaler, je crois.

- Et la Noire ?

Les trois policiers se regardèrent un peu perplexes.

- Marysia Stobolska ? répondit Longueville. C'est notre grande inconnue, malgré les renseignements - tous favorables - reçus de France et d'ailleurs.

- Une femme extraordinaire. Oui, extraordinaire, murmura Gilson d'un ton rêveur.

- Nous reconnaissons bien là notre cher commissaire, devait glisser plus tard Longueville à l'oreille de Castain. Lui et les femmes…

Même jour, 22 heures

La sonnerie du téléphone réveilla Gilson qui commençait à somnoler dans son fauteuil.

- Ici, Rodolphe de Rochehault. Je voudrais, mon cher commissaire, vous communiquer une découverte que je viens de faire en relisant Alekhine. Mais d'abord, dites-moi, où en êtes-vous ?

- Nulle part, monsieur le Procureur. Dans de telles affaires, tout le monde est suspect, et personne ne l'est vraiment. Tout le monde, je veux dire ici les patrons du *Cercle Échiquéen.* Avec mes collègues, nous avons dressé un portrait de ces messieurs. Tous ont subi un choc moral important, un trauma affectif assez grave. Tous pourraient être des psychopathes. Ou, au mieux, des refoulés. Et, au pire, des assassins.

- C'est à peu près ce que vous me disiez ce matin. Je m'excuse de vous avoir alors interrompu. Vous disiez donc que Freud ?

- Freud et d'autres ont abondamment étudié le cas. Après un trauma, la conscience du sujet essaie de refouler ce souvenir douloureux, pénible, ou parfois simplement inconvenant. Le subconscient, lui, joue littéralement à cache-cache avec le conscient, déguisant ce souvenir sous mille formes, pour le ramener au jour, ne fut-ce qu'en rêve. Mais le conscient ne se laisse pas prendre au jeu : le refoulement continue à fonctionner et frappe d'interdit certaines images, certains mots associés de façon plus ou moins lointaine, plus ou moins inconsciente, aux souvenirs du trauma.

« De cette lutte intérieure découlera une série d'anomalies dans le comportement extérieur du sujet, anomalies allant du simple tic, du lapsus, du geste involontaire jusqu'à l'obsession, les troubles nerveux, l'idée fixe, la paranoïa et même le meurtre. »

Au bout du fil, le procureur resta un moment silencieux, puis :

- On sent que vous êtes un vrai psychologue. Ou psychanalyste, je ne sais au juste. Vous avez passé un doctorat à Bruxelles ?

- Non, à Liège, monsieur le Procureur. Souvenez-vous, les Allemands avaient fermé l'Université de Bruxelles.

- Bon, je réfléchirai à tout cela. À mon tour de vous révéler quelque chose. Feuilletant Alekhine, vous disais-je, je suis tombé sur un passage qui va tous nous intéresser :

« La partie d'échecs que nous fait connaître coup par coup notre mystérieux Roi Noir, eh bien elle est classique et rentre dans la catégorie des parties dites « espagnoles ».

- Les parties espagnoles ?

- Oui, la nôtre est caractérisée par le coup « F f1-b5 » qui porte le Fou-Roi Blanc à côté du Cavalier-Dame Noire. On lui donne ce nom parce qu'elle fut inventée au XVIe siècle par un célèbre joueur, l'abbé espagnol Ruy Lopez de Segura.

- Un abbé espagnol ?

- Et les quatre coups indiqués par nos huit billets anonymes sont exactement ceux joués par Émile Lasker et Capablanca, au tournoi de Saint-Pétersbourg en 1914. La partie s'est terminée par la défaite de Capablanca jouant les Noirs. La suite, je l'ai ici sous les yeux, et, attention, monsieur le Commissaire !

- Oui, j'écoute.

- Cette partie conduit tout droit à l'échange des Dames au sixième coup : la Noire prend la Blanche avant de disparaître à son tour.

Gilson resta un long moment muet.

- Si donc, notre « Roi Noir » poursuit son obsession meurtrière, deux femmes, Marysia la Noire et Gina la Blanche seraient également menacées ? Eh bien, ce que vous dites ne m'étonne pas trop : Ce matin même j'avais demandé aux deux Dames d'être prudentes, très prudentes

- Alors, commissaire, prenez les dispositions policières voulues. Tout de suite. Et demain matin, je vous communiquerai le nouveau message de notre sinistre Roi Noir, s'il y en a un.

- Il y en aura un, je le crains.

* * * *
* * *

SECOND INTERCALAIRE

Chère Lectrice, cher Lecteur,

Dans le vocabulaire courant du jeu des échecs, on trouve le mot « gambit ». À propos duquel votre Grand Larousse dit ceci :

« Gambit, de l'italien, gambetto, croc-en-jambe. Aux échecs, coup qui consiste, en début de partie, à sacrifier une pièce pour gagner un avantage de position ».

Un roman policier étant un match entre l'auteur et le lecteur, votre auteur sacrifie ici une de ses pièces, c'est-à-dire un renseignement qu'il aurait dû garder secret. Allez-vous éviter le piège de ce gambit ?

Gambit

- … Ma main toucha son pistolet… Et puis… C'est un trou… un grand trou noir… Qu'ai-je fait, mon Dieu ! Je ne me souviens de rien, de rien du tout… Je n'ai repris conscience de moi-même que beaucoup plus tard… Sans doute est-ce un autre « moi » qui m'a dirigé… Dites-moi, je vous en supplie… Est-ce moi qui…

L'homme retomba assis. La sueur ruisselait sur ses tempes. Il s'essuya le front, d'un geste machinal.

Son interlocuteur se leva et s'accouda à la cheminée. L'homme continuait, le regard fixe :

- Dans mon enfance, j'étais sujet au somnambulisme. Mais depuis mon adolescence, ces crises se sont raréfiées. Maintenant, à la suite du malheur que vous connaissez, il y a quelque chose de changé en moi… Ma mémoire n'est plus fidèle. Certains soirs, je ne parviens que très difficilement à me rappeler les événements de la journée. Si cela continue, je devrai cesser toute activité.

« Et j'ai peur, j'ai peur… Que me conseillez-vous ? Dois-je me présenter à la police ? »

L'autre réfléchit un long, très long moment.

- Non, attendez encore… Laissez l'enquête suivre son cours… Pourquoi iriez-vous vous accuser d'un forfait… peut-être imaginaire ?

- Cette folie meurtrière ne me reprendra-t-elle pas ? Ne vais-je pas encore tuer ?

- Mais bon Dieu de bon Dieu, qui vous dit que vous avez tué ? Vous n'en êtes pas sûr vous-même. Mais là, pas du tout !

- Si, je le sens bien… c'est moi qui l'ai tué… Moi, non, pas moi, l'autre moi. Et cet « autre » s'emparera encore de moi, je le sais… Demain, tantôt, n'étranglerai-je pas un malheureux ? D'une seconde à l'autre, « il » peut surgir et m'obliger à… à… vous tuer, vous… Oui, vous…

Le confident eut un haut-le-corps instinctif. Et recula quand il vit l'homme sortir un petit objet de sa poche et le brandir en bredouillant :

- C'est lui… Lui, le voilà… Oui, c'est lui… Un jour il vous tuera… Un jour il me tuera à mon tour.

« Lui… lui… le Roi Noir… »

* * * *

* * *

6ème coup : D d 1 x d 4   Prise d'un Pion Noir
D d 8 x d 4   Prise de la Dame Blanche

Chapitre IV

LE PION BLANC

Mercredi 12 mai, 9 h 10

- Allo ? Le commissaire Gilson ? Bonjour commissaire, ici le procureur de Rochehault. Hier soir, au téléphone, je vous avais fait part de certaines appréhensions. Eh bien, je crois qu'elles sont en train de se réaliser. Voulez-vous prendre de quoi écrire, je vous dicte le contenu du message arrivé ce matin :

Monsieur le Chef du Parquet à Bruxelles,
Je ne suis pas fou, mais :
5 : d2-d4
(s) Le Roi Noir

« C'est noté ? Bien. Coup très banal, remarquez. Un Pion Blanc, celui de la Dame, exécute un double pas classique, mais...

« Mais voilà ce Pion en prise avec son homologue noir, lequel va s'en emparer. En fait, ce coup n° 5 est un gambit, un sacrifice ... Un sacrifice intéressé ! Comme je vous le disais hier, ce gambit conduit au massacre réciproque des deux Dames - à l'avantage des Blancs ! »

- Un massacre ?

- Oui, Commissaire. Je vous en prie, protégez les deux Dames. Et tenez-moi au courant. Au revoir, Commissaire.

- Au revoir, monsieur le Procureur.

Et Gilson raccrocha.

Même jour, 10 heures

Place de Brouckère, le commissaire et son fidèle inspecteur Longueville trouvèrent largement ouverte la porte du Cercle Échiquéen. Dans le couloir, deux déménageurs et un petit monsieur chapeauté s'affairaient autour d'un objet aussi grand qu'eux, un objet lourd, encombrant, enveloppé d'une toile sous laquelle se devinait vaguement une forme humaine.

- C'est une statue? demanda Gilson.

- Non, répondit le petit monsieur. C'est le Turc de Mademoiselle Stobolska.

Le commissaire ne put en savoir davantage, l'un des déménageurs, le plus âgé, s'étant mis à hurler contre son collègue :

- Pas op, espèce de snul ! Tu vas le faire tribouler ! (1)

- Pas op toi-même, espèce de zievereer ! Tu tiens le bazar tout skive ! (2)

Cahin-caha, le trio et l'invisible Turc s'engagèrent dans le grand escalier , - ce qui fit bondir l'huissier-concierge Alphonse, sorti comme un diable de sa loge :

- Mais Bon Dieu de Bon Dieu, prenez donc vos précautions ! Attention aux moulures ! Attention à la rampe ! Doucement, doucement. C'est à déposer dans le salon Morphy, au premier étage, la seconde porte à votre gauche. Dou-ce-ment !!

(1) Attention, espèce d'incapable ! Tu vas le faire tomber !

(2) Attention toi-même, espèce de casse-pieds! Tu tiens l'objet tout de travers !

Gilson lui tapa légèrement sur l'épaule :

- Dites-moi, Alphonse... C'est bien Alphonse qu'on vous appelle, n'est-ce pas ?

- Oui, monsieur le Commissaire. Alphonse Hautera.

- Vous êtes étranger ?

- Oh non, savez-vous. Je suis de Liège.

Alphonse avait perdu ce ton compassé que Gilson avait commencé à connaître. En fait, c'était, semble-t-il, un brave homme dont le long visage grave s'agrémentait curieusement d'une moustache et d'une barbiche très Second Empire.

- Dites-moi, monsieur Hautera, que pensez-vous de ce qui se passe ici ?

- Des malheurs, je vous dis, des malheurs. Deux meurtres, deux morts coup sur coup. Que le Bon Dieu ait leur âme.

- Votre avis ?

- C'est qu'il faut être de fameux crapuleux [1], ou des cinglés, pour s'en prendre à deux messieurs aussi gentils. Surtout le colonel, un si bon chrétien. Cela fait deux de nos directeurs disparus l'un après l'autre.

- Et que pensez-vous des survivants ? demanda Longueville avec une maladresse si insigne qu'elle choqua visiblement son interlocuteur.

- Oh, monsieur l'Inspecteur ! Je pense le plus grand bien du docteur (il m'a soigné gratuitement) et du Français (toujours très généreux).

- Et monsieur Van Drooghem ?

- Celui-là ! Je préfère ne pas en parler.

- Pourquoi ?

- Ce n'est pas quelqu'un comme nous autres.

- Soit. Et Mademoiselle Stobolska ?

- Un ange, c'est moi qui vous le dis.

- Et Mademoiselle Claretty ?

---

(1) Belgicisme populaire

- Un démon, monsieur… non, pardon, j'exagère. Une pécheresse.

- Et comment pèche-t-elle ?

- En raccrochant les hommes, monsieur le Commissaire. Tous les hommes qui lui tombent sous la main. Mais le Bon Dieu l'a bien punie, savez-vous. Elle était entretenue par Monsieur Bisschops qui l'avait installée dans une belle villa près de Waterloo. Mais elle fricote aussi avec le Hollandais.

Alphonse prit un air mystérieux et ajouta en se penchant vers l'oreille de Paul Gilson :

- Dieu me pardonne, mais je veux bien parier qu'elle lui remettait les beaux billets que lui donnait ce pauvre monsieur Bisschops, si riche… Mais si faible avec les femmes.

- Parfait. Dites-moi, pourrais-je encore trouver ici ces deux dames.

- Oh oui, Mademoiselle Marysia est avec son Turc.

- Et mademoiselle Gina ? Avec un Grec, sans doute ?

- Oh monsieur le Commissaire, comme vous parlez ! Ce n'est pas une maison de passe, ici !

- Bien, merci mon ami. Nous allons à l'étage, ne nous suivez pas.

Dans l'escalier, Gilson croisa les deux déménageurs dont l'un portait la toile qui avait enveloppé le mystérieux Turc.

Il frappa à la porte du salon Morphy, mais Marysia, ravissante dans un déshabillé noir quasi transparent, vint lui barrer le chemin :

- Dzien dobry, commissaire Paul ! Bonjour, bonjour ! Je vous prie, n'entrez pas encore, je vous réserve une surprise.

- Mais, Marysia, nous avons du travail. Nous sommes en service.

- Eh bien allez donc voir Gina. Troisième étage, dernière porte. Toutes mes excuses, cher commissaire Paul, cher inspecteur Laville…

- Pardon, Longueville. Longueville, corrigea l'intéressé.

- Dobze, dobze. A tout de suite.

Et elle les repoussa doucement dans le couloir.

- Le procureur insiste, disait Gilson en montant l'escalier. Il estime que les deux femmes sont en danger. Le jeune Castain reprendra sa planque ici, dès ce midi. Et cette fois, il sera armé.

Comme ils atteignaient la porte indiquée, ils s'immobilisèrent, prêtant l'oreille. Une voix de femme, aiguë, tantôt hurlante, tantôt geignante, répétait :

- Non-on ! Pas ça ! Je vous en supplie ! Non-on-on…

D'un même élan, les deux policiers dégainèrent, se ruèrent sur la porte, et crièrent :

- Police ! Que personne ne bouge !

Et ils s'arrêtèrent pile.

Sur un lit défait, Bill, le jazzman américain, était étendu à plat ventre, superbe dans sa noirceur nue, brillante, musclée. Sous lui, un corps blanc, à plat ventre. Magnifiquement blanc par contraste. Un corps de femme, pour autant qu'on puisse en juger.

- Qu'est-ce que… Qu'est-ce que vous foutez là ? s'écria Longueville.

- Question superflue, grommela Gilson. Puis d'une voix sèche, autoritaire : Vous le Négro, déguerpissez en vitesse. Je vous donne trois minutes. Je suis le commissaire Gilson et voici l'inspecteur Longueville

Et d'un geste rageur il lança à la tête du Noir le beau costume blanc qui gisait roulé sur une chaise.

Sur le palier, les policiers se regardèrent un moment, puis partirent d'un énorme éclat de rire, se répétant : « Nous avons eu l'air malin ! »

- Le Roi Noir a pris la Dame Blanche, remarqua Gilson. Mais pas du tout dans le sens échiquéen du terme !

Ils firent quelques pas dans le couloir, bientôt dépassés par Bill qui achevait de se reboutonner. Regardant les policiers avec un sourire oblique, il se mit à fredonner un air de charleston remontant à Joséphine Baker :

Yes sir, she's my baby,
No sir, she's not your baby...
Yes sir, she's my baby now.

- Il se fout de nous, grogna Longueville.

Revenant à la porte de Gina, il frappa avec un « Police » aussi sec que possible, puis entra d'un air martial. Assise sur le lit, la chanteuse les attendait, drapée dans un déshabillé... plus déshabillant encore que celui de Marysia. Mais blanc, celui-ci, tout blanc, d'une mousseline très fine.

La chambre était simplement meublée. Une large fenêtre s'ouvrait sur la place de Brouckère, permettant une vue plongeante sur la célèbre fontaine. Aux murs, une seule reproduction de tableau, la Vénus de Botticelli, resplendissante de sensualité contenue. Et dans un coin, l'inévitable meuble-lavabo, avec sa large cuvette et sa lourde aiguière dont le maniement relevait de l'athlétisme des poids et haltères. Et la non moins inévitable armoire à glace.

Désignant deux chaises d'un geste vague, Gina attaqua tout de go :

- Vraiment, on n'a plus de vie privée. Que me voulez-vous ?

- Recueillir votre témoignage dans l'affaire du double assassinat qui frappe les commanditaires du Cercle qui vous emploie. Tout d'abord, une question d'identité. Vous êtes hollandaise et votre vrai nom est Anne Stieltjes ?

- Non pas Anne, je n'aime pas. Je préfère mon second prénom, Charlotte.

- Charlotteke ?

- Non, Commissaire, je ne suis pas flamande. Je m'appelle Charlotte. Ou Charlotje, si vous préférez.

- Et Gina Claretty ?

- Un nom de théâtre que m'a fait prendre Bobby. À Paris.

Elle s'arrêta rêveuse :

- Oui, c'était beau, Paris…

- Pas mal, la pécheresse, pas mal du tout, songeait Gilson. Ces grands yeux bleus, cette bouche sensuelle. Et ce sourire qui ne veut rien dire… Ou qui veut tout dire… Dommage que ce soit une…

« Dites-moi, fit-il à haute voix, vous avez vécu à Paris ? »

- Oui, Commissaire, depuis 1940, quand mes parents et moi-même avons fui, en voiture, devant l'invasion allemande. J'avais 17 ans. Nous nous sommes installés à Montmartre, rue des Abbesses. C'est là que j'ai achevé mes études.

« Chez les Bonnes Sœurs », ajouta-t-elle avec une petite moue.

Les deux policiers durent faire un effort pour ne pas sourire.

- Et ensuite ?

- En 45, mes parents sont rentrés en Hollande. Restée toute seule, je me suis lancée dans le jazz. Et quand Bobby m'a rencontrée, je chantais dans un cabaret-dancing très bien, rue Mouffetard, dans le 5e.

- Bobby Van Drooghem devint rapidement votre… disons votre ami ?

- Mais pas du tout ! Il m'a proposé de chanter ici, dans ce dancing plutôt original. Voilà, Commissaire, vous savez tout.

De son côté, Longueville se taisait, semblant ruminer quelque chose. Il leva la main, comme à l'école :

- Dites-moi, Mademoiselle, vous connaissiez le colonel de Foy ?

Gina-Charlotte mit un certain temps pour répondre :

- Un peu, très peu. Il venait quelques fois ici. Comme administrateur, je suppose.

- Et Monsieur Bisschops ? demanda Gilson.

- C'était un ami dévoué, pas barbant pour un sou. Et avec ça, plein de petites attentions. Pauvre vieux, finir comme ça, d'un coup. Ça me fauche le moral…

- Soyons francs, Mademoiselle, c'était votre protecteur attitré ?

Gina eut un petit sourire en coin :

- Si vous voulez.

- Et la villa de Waterloo ?

- Il m'en avait confié la garde.

- Et il vous la laisse en héritage ?

- Ah ? Vous me l'apprenez.

- Mademoiselle Stieltjes, ne vous moquez pas de nous ! Mais passons. Selon vous, qui aurait pu en vouloir à Messieurs de Foy et Bisschops au point de provoquer leur mort ?

Gina tourna la tête, resta muette, puis, tout d'un coup :

- Je ne sais pas. Pourquoi toutes ces questions ? Et pourquoi…

La sonnerie du téléphone interrompit la phrase. Gina décrocha et parut soulagée :

- Messieurs de la police, Marysia vous invite à passer maintenant au salon Morphy.

Les deux policiers se levèrent, saluèrent la chanteuse d'un « Nous nous reverrons, Mademoiselle » assez sec, et quittèrent la pièce. Dans le couloir, Longueville dit au commissaire :

- Elle nous cache des choses, patron. Vous savez que j'avais eu l'enquête en main après l'assassinat du colonel. Vous savez quel était le nom de la maîtresse du défunt ? Charlotte !

- Oui, je sais. Une vendeuse du Grand Bazar ?

- Peut-être. Mais en fait, on n'a jamais trouvé cette Charlotte, ni au Grand Bazar, ni autre part. Un appel à témoin n'a rien donné. Seul, Buche, l'ordonnance du colonel a parlé d'une femme qui venait rendre visite au colonel, lequel lui disait : « Bonjour Charlotte ». Un chapeau ébouriffant lui cachait si bien le visage que Buche aurait été incapable d'en décrire les traits. Et c'est uniquement ce Buche qui avait parlé de Grand Bazar et qui avait employé le diminutif « Charlotteke ».

- Selon vous, votre Charlotte et celle-ci ne seraient qu'une seule et même personne ?

- Là, vraiment, je ne puis vous répondre. Mais... Écoutez, elle chante.

Effectivement, Gina chantonnait la version française du charleston que Bill fredonnait il y a un moment :

Achille est un bon garçon
Mais il est un peu bouffon...

Les deux policiers se dirigèrent vers l'escalier. Gilson s'arrêta un moment, hésita, puis :

- Et si toute l'affaire n'était qu'un drame très banal de la jalousie ? Et s'il existait réellement un Achille lassé de faire le bouffon ? Bon, on verra. Pressons le pas, il est déjà onze heures.

Même jour, 11 heures

- Entrez, entrez, chers et beaux policiers. Dzien dobre, entrez ! Et admirez la merveille.

Oui, il était là, le Turc, entre la cheminée et la porte du couloir. Un simple mannequin, assis derrière un petit meuble bureau portant un échiquier garni d'un superbe jeu ancien. Mais un mannequin bien impressionnant, avec son énorme turban, ses grosses moustaches, son ample et riche manteau ponceau. Et surtout ce regard, vide mais aigu.

Toujours chapeauté, le petit monsieur qui avait accompagné les déménageurs s'affairait à rajuster le vaste manteau. Marysia partit d'un grand éclat de rire :

- Je vois que mon Mamelouk intrigue très fort nos deux chers policiers...

Puis, après une hésitation :

- Je sais, je sais, après le sombre drame vécu ici, je ne devrais pas jouer avec un mannequin. Mais son arrivée avait été prévue pour aujourd'hui, il y a six mois déjà. Il vient de Besançon, la capitale de l'horlogerie française. Et je vous présente Monsieur Groscollard, ingénieur mécanicien, qui a accompagné l'objet jusqu'ici. Il retourne en France aujourd'hui même. Dans sa ville, il est champion des échecs.

Elle prit les deux policiers, chacun par un bras, et les planta devant le Mamelouk.

- Regardez. Voilà, devant vous, le fameux automate « Le Joueur d'Échecs », construit au XVIIIe siècle à Riga par le baron autrichien Wolfgang von Kempelen. Regardez, Paul, regardez inspecteur Laville.

L'ingénieur abaissa un petit levier fixé sur le côté de l'automate. Tandis qu'un invisible mécanisme se mettait à ronronner, le Mamelouk redressa lentement la tête. Son regard sans vie se posa sur le commissaire, ses sourcils se relevèrent et son avant-bras droit se mit en mouvement vers l'échiquier.

- Regardez, regardez, Paul, il a les Blancs. Il va jouer... Il joue !

Le Mamelouk avait fait exécuter un double pas à son Pion du Roi.

- Mais jouez, jouez, Paul ! Prosze bardzo ! Je vous en prie, répondez-lui !

Paul hésitait, quelque peu perplexe, tandis que Marysia, passée à côté de l'automate, lui adressait un regard oblique :

- Cher Paul ! Voyons ! À votre tour, poussez en avant votre Pion du Roi !

- Bien, bien... Voilà, c'est fait.

Le Mamelouk haussa les sourcils, regarda à nouveau Gilson puis fit sauter vers sa gauche son Cavalier du Roi, tandis que le mécanisme caché émettait de nouveaux ronronnements assortis de cliquetis.

- Allez, allez, cher et brillant Commissaire ! En réponse, le même coup ! Mais pour vous, ce sera côté Dame !

Gilson s'exécuta, et immédiatement, le Mamelouk porta son Fou-Roi à côté du Cavalier Noir que Gilson venait de sortir.

- Cher Paul ! Vous voilà en danger ! Défendez-vous. Tenez, là, poussez votre Pion-Tour de droite, qu'il attaque ce méchant Fou ! Prosze ! Please !

De plus en plus perplexe, Gilson s'exécuta. Le Mamelouk le regarda, se saisit de son Fou avancé et d'un petit mouvement sec repoussa le Cavalier Noir voisin.

- Pièce prise ! lança joyeusement la Polonaise.

- Pas possible, s'écria Longueville. Il y a un truc !

Ce qui fit bondir l'ingénieur :

- Mais pas du tout. Regardez, j'ouvre le panneau central du meuble et en même temps celui de gauche. Que voyez-vous ? Un espace vide avec des engrenages qui tournent. Attendez ! Je ferme à gauche et j'ouvre à droite. Regardez ! Encore des engrenages cliquetant dans le vide. Pas de truc, messieurs, dames !

L'homme parlait avec un bagout d'illusionniste. Entretemps, le Mamelouk s'était saisi du feu Cavalier et l'avait délicatement laissé tomber à côté de l'échiquier.

- Cher Commissaire ! Répondez, vengez-vous ! Votre Pion-Reine doit s'emparer du très imprudent Fou Blanc.

Gilson s'exécuta, et en réponse le Mamelouk avança de deux pas son Pion de la Dame. Sur ce, Groscollard crut devoir prendre un ton savant pour faire remarquer :

- Vous l'ignorez sans doute, commissaire, mais vous voilà maintenant lancé dans la Partie Espagnole. Les deux Dames vont se crêper le chignon ! Oui, la Partie Espagnole, du nom d'un abbé espagnol du XVIe siècle, lequel, dit-on…

Aux mots « partie espagnole », Gilson avait failli sursauter. Se maîtrisant, il coupa net le discours du petit Français :

- Je sais ! Mademoiselle Stobolska, la Partie Espagnole, ces mots ne vous disent rien ? Non ? Eh bien soit, nous en parlerons dans un moment. Mais en attendant, Marysia très belle et très chère, veuillez je vous prie cesser de vous ficher de nous. Un tel automate est rigoureusement impossible dans l'état actuel de la science et de la technique (1).

Brusquement, il passa derrière l'automate et souleva le large manteau :

- Allons, sortez de là ! Qui que vous soyez !

Le manteau s'écarta, livrant passage à un crâne rasé puis au grand maître Caralescu, en personne et au complet. L'air un peu ahuri, comme d'habitude.

- Vous avez essayé de nous avoir, n'est-ce pas ? fit Longueville sur un ton aigre-doux.

Gilson préféra sourire :

- Mes compliments, Marysia. Et à vous aussi, l'ingénieur prestidigitateur.

Monsieur Groscollard daigna soulever le chapeau melon qui ne le quittait jamais.

- Élémentaire, mon cher Watson. Quand j'ouvre le panneau de droite, les jambes du joueur caché sont poussées vers la gauche. Et vice versa. Cet appareil est la copie exacte du véritable « Joueur d'Échecs », détruit dans un incendie à Philadelphie, il y a trois quarts de siècle. Ce « Joueur » fut, faut-il le dire, le... je veux dire la...

Le Jurassien n'avait pas quitté ce ton prétentieux qu'il semblait affectionner. Marysia lui coupa gentiment la parole :

- Disons-le, ce fut la plus grande supercherie du XVIIIe siècle, oui, chers policiers. En réalité, il abritait un des plus fameux joueurs de Pologne, le patriote Boleslas Stobolski. Mon ancêtre, ajouta-t-elle avec une certaine fierté. C'est en mémoire de lui que j'ai fait construire cette machine. Vous connaissez l'histoire, je suppose ?

---

(1) Nous n'étions alors qu'en 1948, ne l'oublions pas.

- Non mademoiselle, fit Longueville un peu sèchement. Et nous avons autre chose à faire ici que d'écouter raconter une légende… pardon, je veux dire…

- Racontez, Marysia, coupa Gilson. Mais je vous en prie, soyez brève.

- En 1773, commença Marysia en se drapant majestueusement dans son déshabillé, en 1773, mon malheureux pays se voyait pour la première fois partagé entre ses trop puissants voisins. À Riga, éclata bientôt une insurrection avec, à sa tête, notamment, mon valeureux aïeul. Les Russes broyèrent impitoyablement la révolte, mais mon aïeul, grièvement blessé aux jambes, puis amputé, parvint à se cacher. Et sa tête fut mise à prix par la Grande Catherine, la cruelle Sémiramis du Nord.

« Le baron von Kempelen construisit alors cet automate pour y cacher Boleslas, espérant ainsi l'emmener hors du pays. Il avait baptisé l'appareil « Abdoullah (1) ».

- La mode en était alors aux automates, remarqua l'ingénieur. Descartes lui-même, voulant illustrer sa thèse philosophique du dualisme de l'âme et du corps, conçut et fabriqua « Francine », sa fille, comme il disait. Il la présenta à la reine Christine de Suède, qui avait invité le philosophe à Stockholm. Aussi, lorsque Catherine apprit l'existence d'Abdoullah, elle le fit venir à Saint-Pétersbourg, en compagnie de son génial constructeur.

- Moi connaître cette belle histoire, remarqua Caralescu.

- Moi pas connaître, fit Gilson en souriant. Mais, abrégeons. Je vous en prie…

- Voilà, voilà… Mon aïeul, toujours caché dans le corps d'Abdoullah, dut jouer contre l'Impératrice. Au cours de la partie, celle-ci eut la malencontreuse idée de tricher, voulant

---

(1) Dans son ouvrage « Le Joueur d'Échecs », Dupuis-Maelzel donne une version un peu différente de cette histoire authentique dont on a tiré deux films, avec, dans le rôle du baron, Charles Dullin (1926) puis Conrad Veidt (1938).

éprouver l'automate. Boleslas, furieux, actionna brutalement le bras du Mamelouk et balaya l'échiquier. Outrée, la fière souveraine ordonna que le soir même, pendant le carnaval, l'automate soit fusillé par un peloton de la garde.

- Et alors, fit Longueville, intéressé malgré lui.

- Et alors, cher inspecteur, des patriotes polonais substituèrent le baron Wolfgang à Boleslas, lequel, impotent, ne pouvait s'échapper de l'appareil. Malheureusement, le baron ne put lui-même sortir à temps et fut tué dans sa cachette... La foule joyeuse des masques vint narguer le trop audacieux automate... Jusqu'au moment où quelqu'un s'écria, horrifié : « Du sang ! L'automate saigne ! ». C'est une terrible histoire, n'est-ce pas ?

- Terrible en effet, fit Gilson. Et si maintenant nous parlions de choses sérieuses ?

Marysia bondit subitement :

- Mais c'est sérieux, très sérieux ! C'est l'histoire de mon grand ancêtre ! Cher Paul Commissaire, vous me décevez !

Puis elle se calma, tout aussi subitement :

- Donnez-moi le temps de raccompagner notre cher ingénieur jusqu'à la station de taxis, devant le Métropole. Et puis je serai toute à vous. Rendez-vous au bar Philidor.

Et tout d'un coup, se hissant sur la pointe des pieds, elle posa ses lèvres, délicatement, très délicatement, pour un tout petit petit baiser, très rapide, sur les lèvres du commissaire stupéfait. Et elle entraîna vers la porte l'ingénieur jurassien, tout aussi stupéfait, ayant à peine eu le temps de soulever son chapeau melon en un petit geste digne de Charlie Chaplin.

Les deux policiers et le Roumain sortirent du salon, s'engagèrent dans le couloir lambrissé... et n'allèrent pas bien loin. Un jeune homme, qui semblait les attendre, se rua sur Caralescu, l'empoigna par le collet, le secoua avec une vigueur décuplée par une colère qui éclatait dans ses cris, ses hurlements, ses injures. Le tout dans une langue inconnue, mais que Caralescu comprenait sans nul doute car on le vit pâlir et se décomposer à vue d'œil.

Gilson et Longueville maîtrisèrent à grand-peine le forcené, ce dont le maître roumain profita pour s'éclipser en direction de l'escalier.

- Et alors ? À quoi jouez-vous, monsieur ? Nous sommes de la police...

Le jeune homme parut se calmer :

- Toutes mes excuses, messieurs, fit-il en très bon français. Je m'appelle Bogdan Eminescu et je suis étudiant ici à Bruxelles. Et membre du *Cercle Échiquéen*. Je savais que cet individu était ici, mais en le voyant je n'ai pu me maîtriser. Veuillez m'excuser, je suis confus.

Le jeune homme regardait alternativement les deux policiers. Lesquels le jugeaient très professionnellement :

"Un type sympathique, malgré tout, se disait Gilson. Beau garçon, soigné de sa personne. Bien sapé. Intelligent, sans nul doute."

- Soit, ajouta-t-il à haute voix. Mais vous nous devez une explication.

- Je suis bien d'accord. Il faut que vous sachiez qui est cet individu, ce Caralescu. Un ancien sympathisant de la Garde de Fer du sinistre Codreanu, l'ami des Nazis. Je l'ai connu à Constanta, vous voyez, ce port sur la Mer Noire. C'était mon maître d'école. Quand les Allemands s'installèrent chez nous en 40, il dénonça des gens qui ne pensaient pas comme lui, c'est-à-dire comme les fascistes. C'est ainsi que mes parents disparurent, et j'ai juré de les venger. Mais le personnage est malin. Dès avant la chute du maréchal Antoniescu en 44, il renia son passé et devint communiste, pro-soviétique, tout ce que vous voulez. Donc intouchable. Mais je lui réglerai son compte. Un jour... Oui, un jour...

Très ému, pleurant presque, le jeune Roumain dut s'appuyer contre le mur.

- Nous vous écoutons avec intérêt et sympathie, fit Longueville après un silence. Mais ce monsieur Caralescu semble être une personnalité, dans votre pays. Champion des échecs... Invité à l'étranger.

Bogdan eut un sourire en coin.

- Cela n'empêche rien, vous devriez le savoir...

- Quel âge avez-vous ? demanda Gilson.

- Vingt-trois ans, monsieur... euh monsieur ?...

- Gilson, commissaire Gilson. Sachez, jeune homme, que nous sommes ici en service et que monsieur Caralescu pourrait être un témoin important pour l'affaire dont nous nous occupons. Alors je vous demanderai de ne plus vous présenter dans cette maison avant plusieurs jours. Longueville, voulez-vous accompagner monsieur puis me rejoindre au bar, au bout du couloir.

Même jour, 12 heures 30

Le bar Philidor était une pièce plutôt petite, mais les miroirs qui tapissaient les murs latéraux en multipliaient la surface à l'infini. Paul Gilson s'était attablé en ayant soin de tourner le dos à la fenêtre, en vertu d'un vieil adage policier : « Mettez toujours votre interlocuteur en pleine lumière ; ainsi ne vous verra-t-il qu'à contre-jour, et cela le mettra mal à l'aise ».

Depuis un moment, Marysia puis Longueville l'avaient rejoint tandis qu'Alphonse, l'homme à tout faire, servait les portos demandés.

- Asseyez-vous, je vous prie, fit Gilson avec un geste de la main.

Simultanément, une bonne douzaine de Marysias souriantes obtempérèrent tandis qu'un nombre égal de Longuevilles s'asseyaient en déployant leurs petits calepins.

- Oh, ces miroirs, grognait l'inspecteur.

- Alphonse, laissez-nous, fit Gilson.

Le barman et ses clones se dirigèrent vers la porte, tandis que Gilson s'efforçait de concentrer son regard sur la vraie Marysia, toujours aussi souriante.

- Mademoiselle Marysia…

- Non, Marysia.

- Comme vous voulez. Mais en tant que commissaire de la police judiciaire, mon devoir est de vous confirmer que Monsieur Bisschops a bel et bien été assassiné.

Le sourire disparut des lèvres de la belle Polonaise :

- Sainte Vierge de Czestochowa ! Priez pour lui ! Priez pour nous !

- Oui, assassiné, continua Gilson un peu surpris. Assassiné au cyanure. Sa pipe avait été empoisonnée.

- Vous divaguez, cher Paul !

- Non, mad… je veux dire Marysia. En conséquence, nous devons vous poser quelques questions. Dites-moi, le défunt était-il un grand fumeur de pipe ?

- Plus ou moins…

- Il était très distrait, je crois. Et il oubliait sa pipe un peu partout.

- Oui, sa pipe, ses lunettes, son portefeuille. Tout…

- Bien, bien. Et il fumait en jouant avec le Roumain, nous le savons.

- Il fumait toujours en jouant.

- En cette fatale soirée, aurait-il joué une autre partie ?

- Non, cher policier. Il était arrivé, comme les autres, à sept heures, pour une importante réunion. Le maître Caralescu n'est venu que plus tard.

- Quel était l'objet de cette réunion ?

Marysia sembla hésiter, regardant alternativement tous les Gilsons qui la fixaient du fond de leurs miroirs. Puis elle répondit, avec une fausse modestie :

- L'objet ? Mon entrée dans la Société Coopérative « Le Cercle Échiquéen Moderne », dont je n'étais jusqu'alors qu'un modeste fondé de pouvoir. Cette réunion, prévue de longue date, avait été retardée à cause de mon arrestation.

- Dont je m'excuse au nom du Parquet, crut bon d'avancer Longueville

- Cher Laville, vous êtes trop gentil et je vous aime bien. Non, non, n'écrivez pas cela !

Gilson reprit l'interrogatoire qu'il aurait voulu plus serré :

- Donc, Mad... Marysia, vous n'étiez pas membre de ladite société ? Pourquoi ?

- Ces honorables gentlemen n'auraient jamais voulu que j'engage... - pardon, que j'engageasse - le moindre petit franc dans leur entreprise.

Un peu étonné, un peu perplexe, Longueville corrigea le subjonctif présent auquel il pensait, puis se tournant vers la Marysia la plus proche - la vraie, sa voisine - il demanda :

- Quels étaient vos appointements de directrice ou de fondé de pouvoir ?

- Cher Laville, voyons, je n'étais pas salariée ! Ma fortune personnelle me permet de me payer tout ce que je désire. Mais j'aime les affaires. Ou plutôt, je les aimais...

- Vous en êtes dégoûtée ?

- Un peu, oui, cher Paul commissaire.

- Alors, pourquoi entrez-vous dans la Société ?

- Ce n'est pas ma faute. Je suis l'héritière du colonel de Foy.

Gilson faillit sursauter.

- Comment ! Vous êtes l'héritière !

- Mais oui, commissaire, lança Longueville. Ne vous l'avais-je pas dit ?

- Vous ne m'avez rien dit du tout !

- Pardonnez-moi, un oubli de ma part. Mademoiselle Stobolska n'hérite d'ailleurs que de la commandite de

Monsieur de Foy. Le restant de la fortune assez considérable du colonel échoit à diverses œuvres s'occupant des anciens prisonniers de guerre. Sauf une rente, destinée à l'ordonnance Jules Buche.

- Mes félicitations, mademoiselle... Entrez !

La porte s'ouvrit devant l'inspecteur Castain, lequel paraissait quelque peu décontenancé.

- La chanteuse, commissaire ! Elle s'en va !

- Eh bien, bon Dieu, suivez-la ! Courez !

- Vous faites surveiller Gina ? demanda Marysia étonnée.

- Non, protéger, répondit sèchement Gilson. Et vous aussi, vous serez protégée. Par l'inspecteur Lecoq qui doit maintenant vous attendre dans le couloir.

- Mais pourquoi ?

- Parce que, d'après les renseignements qu'il a reçus, le procureur estime que vous êtes menacés. Tous, ici. Ne m'en demandez pas davantage.

La Polonaise se leva et se mit à déambuler vivement de long en large, en cela imitée, évidemment, par toutes ses images. Agacé par ce tourbillon de silhouettes noires, Longueville saisit la femme par les épaules et la força à se rasseoir. Gilson essaya de calmer le jeu :

- Allons, Marysia, asseyez-vous. Je vous dirai tout, plus tard. C'est promis, juré.

- Paul, vous ne m'aimez pas, mais là pas du tout !

- Marysia, je vous en prie, restons sérieux. Calmez-vous et reprenons... Entrez !

La porte s'ouvrit à nouveau, livrant passage à un jeune homme qui semblait le sosie de Castain : Même trench-coat à ceinture, même feutre abaissé sur les yeux. Regardant vers l'un des miroirs, Marysia eut l'impression que toute la Sûreté belge entrait en force dans le bar.

- Inspecteur Joseph Lecoq.

- Et voilà Mademoiselle Marysia Stobolska, fit Gilson. Je vous la confie, inspecteur...

Mais la Dame Noire s'était levée d'un bond.

- Sortez, Monsieur le Poulet. Ou Monsieur Lecoq, que sais-je ! Marysia n'a besoin de personne !

Et ici, Gilson crut bon de se fâcher et, à son tour, de faire rasseoir de force l'irascible Polonaise.

- Du calme, saint nom de Dieu ! Lecoq, je vous souhaite bien du plaisir ! Et maintenant, Marysia, je vous prie une bonne fois de me laisser continuer... À quelle heure votre réunion s'est-elle terminée ?

Marysia tourna ostensiblement le dos, mais profita des miroirs pour lancer au commissaire son habituel regard oblique.

- Je ne sais pas... Oui, vers sept heures et demie, je crois.

- Et ensuite ?

- Ensuite ? Nous sommes allés au Morphy où nous avons retrouvé le père Lassier qui avait voulu engager une partie contre le maître Caralescu.

- Il ne participait pas à la réunion ?

- Non, il n'est pas commanditaire. Au Morphy, il était assis, effondré. Il avait dû abandonner, et son Roi était couché sur l'échiquier (1). Depuis sa défaite devant le colonel de Foy, notre pauvre père Lassier n'est plus le même. Mais là, pas du tout.

Paul Gilson resta un moment silencieux, puis :

- Quelle couleur jouait Lassier ?

La question parut si saugrenue à Marysia qu'elle daigna se retourner et regarder son interlocuteur droit dans les yeux :

- Pourquoi cette question ? Attendez... C'était les Noirs.

---

(1) Coutume au jeu des échecs : Le joueur qui abandonne la partie enlève son Roi, ou bien le renverse sur l'échiquier

- Ah?… Lassier avait renversé le Roi Noir?

- Noir ou Blanc, quelle importance, aimable Commissaire?

- Bon, bien, parfait. Et après la réunion?

- Nous avons pris un tout petit dîner, ici, chez moi, au second étage.

- Qui assistait à ce repas?

- Mais tout le monde, cher Paul.

- Quelqu'un aurait-il quitté votre salle à manger pendant ce dîner?

Marysia montra à nouveau quelque impatience :

- Vous êtes drôle, vous, le commissaire! Comment voulez-vous que je me souvienne de tels détails? Que voulez-vous savoir?

- Chère Marysia, faites un effort, je vous en prie. Qui est sorti pendant le dîner?

- Le bon Armand Bonivers s'est absenté un moment. Puis Bobby a voulu faire une petite tournée d'inspection au dancing.

- Et vous, Marysia, vous ne vous êtes pas absentée?

- Mais non… Ah si, si! Przepraszam! Pardon, pardon! J'ai été appelée au téléphone. Un professeur du Cercle. Gentil commissaire, excusez-moi, je me sens très, très fatiguée.

- Un moment encore, je vous prie, chère Marysia. Pourquoi avez-vous déplacé le Roi Noir sur l'échiquier de Monsieur Bisschops?

- Moi! Mais je n'ai jamais touché cette pièce!

- Alors dites-moi, comment alors a-t-on pu y relever vos empreintes digitales?

La Polonaise se leva d'un bond, et les deux policiers se virent entourés de viragos noires criant toutes, la main droite levée :

- Par la Sainte Vierge Noire de Czestochowa, je vous jure n'avoir jamais eu en main ce Roi Noir, - ni aucune autre pièce. Je vous le jure. Moj Boze, c'est la vérité. Et vous, vous mentez, Paul. Je vous hais, je vous hais…

Et là-dessus, les Dames Noires quittèrent brusquement le bar, repoussant d'abord les courageux Longuevilles qui voulaient les retenir, puis les impavides Lecoqs, attirés par les cris.

- Lecoq, Lecoq, suivez-la, bon Dieu ! Vous êtes là pour ça !

Achevant son porto, Gilson eut un pauvre sourire à l'adresse de Longueville :

- Eh bien, ce sera tout pour le moment. La suite au prochain numéro. Quittons ce décor digne d'Orson Welles et de sa *Dame de Shanghaï*, et allons gentiment déjeuner.

Puis, comme ils quittaient le bar :

- Je ne veux plus procéder à des interrogatoires dans cette maison de fous. Or, j'avais convoqué Bonivers et Mortier pour 16 heures 30, ici. Longueville, essayez de les contacter et dites-leur que je les attends aujourd'hui dans mon bureau, même heure.

Puis, comme ils s'engageaient dans l'escalier :

- Je crois Marysia sincère. Mais alors, de qui sont ces empreintes digitales relevées sur son verre de champagne. Vous m'aviez dit qu'elle avait bu.

Longueville s'arrêta et parut réfléchir :

- À la réflexion, je n'en suis plus tellement sûr.

- Alors, qui donc a bu dans son verre ?

Ce même mercredi, 15 heures 30

Paul Gilson était déçu. Longueville n'avait pu contacter le docteur Mortier, et ainsi devrait-il se contenter d'interroger maintenant le seul Bonivers.

Assis à côté de l'inspecteur, il contemplait son interlocuteur, un homme âgé d'une cinquantaine d'années. Le visage sombre, prématurément vieilli, les cheveux rares, grisonnants, mal arrangés, le maintien accablé, la cravate nouée de travers, tout décelait chez l'industriel un profond abattement.

- Monsieur Bonivers, je regrette d'avoir dû vous convoquer ici, mais je dois vous poser quelques questions à propos de ce qui se passe dans votre petit monde échiquéen.

- Je comprends, monsieur le Commissaire. Mademoiselle Stobolska vient de m'apprendre que la mort de mon beau-père n'est pas naturelle. C'est d'ailleurs ce que j'avais cru deviner... Comment vais-je expliquer cela à sa fille, qui est ma femme, comme vous le savez. Je crains que l'affreuse nouvelle ne lui porte un coup douloureux, ou pire un coup fat...

Bonivers s'étranglait en parlant.

- Mais non. Qui soigne Madame Bonivers ?

- Un grand spécialiste de Bruxelles.

- Tiens, je croyais que c'était le docteur Mortier.

- Non, mon neveu ne peut plus exercer, je pense que vous êtes au courant. Une monstrueuse injustice... Ne lui parlez jamais de ces choses, je vous en prie.

- Le docteur n'est pas marié ?

- Non, ses fiançailles ont été rompues à la suite de sa radiation.

- Fréquente-t-il régulièrement le Cercle ?

- Oui, je crois... mais je ne pourrais vous répondre avec précision car moi-même je n'y vais plus que très exceptionnellement. D'ailleurs, mes usines absorbent la plus grande partie de mon temps. En ce moment les textiles traversent une mauvaise passe.

- Je sais. Que pensez-vous de Monsieur Lassier, votre employé ?

- Un homme fini, je le crains.

- Pourtant, aux échecs comme dans tous les jeux, il arrive que l'on perde.

- Oui certes, mais dans le cas de Lassier la défaite avait été sanctionnée par une décision inique de l'arbitrage.

- Ah ! Comment cela ?

- Voici : Au cours de la partie, le Roi du colonel de Foy tomba de l'échiquier et fut replacé, par erreur, sur une case qui améliorait sa position, de sorte que Lassier ne put parer une attaque mortelle de son adversaire. L'erreur ne fut découverte qu'en fin de partie; on fit une analyse approfondie qui confirma la chose. La Commission d'Arbitrage fut cependant d'avis que le résultat devait être maintenu; il y avait eu un précédent, paraît-il [1].

- Quelle couleur jouait monsieur de Foy?

- Les Noirs, je crois.

Les deux inspecteurs échangèrent un long regard. Et Longueville demanda :

- C'est donc la chute d'un Roi Noir qui a causé la perte de Lassier?

- Soit, passons, coupa Gilson. Dites-moi, monsieur Bonivers : Connaissez-vous quelqu'un ayant ou ayant eu des motifs d'en vouloir à votre beau-père?

- Non, pas du tout... Toutefois, je crois pouvoir dire que Nicolas ne s'entendait pas très bien avec Van Drooghem.

- Motif?

- Van Drooghem voulait petit à petit transformer notre Cercle en boîte de nuit. Idée que mon beau-père, et tout autant le colonel, rejetaient avec la plus grande énergie. Moi aussi, d'ailleurs.

- Et Mademoiselle Stobolska, qu'en disait-elle?

- Marysia est une femme merveilleuse, admirable. Mais avec toutes les fantaisies qu'elle déploie en parlant, on ne sait pas toujours où l'on en est avec elle. Cela n'empêche que je l'admire très sincèrement.

---

(1) En 1926, au tournoi de Budapest, le champion belge COLLE fut victime d'une pareille erreur, tenue pour valide par une décision analogue.

- Monsieur Bonivers, l'inspecteur Longueville va vous poser quelques questions. C'est lui qui avait mené l'enquête après la mort du colonel.

Longueville toussota, feuilleta son éternel calepin, puis demanda :

- Le soir du 29 avril, plusieurs personnes se trouvaient réunies chez vous. Pourriez-vous me dire quand et comment elles vous ont quitté ?

- Oh, c'est très simple : Mon beau-père et mon neveu ont logé chez moi et j'ai reconduit Lassier à la petite gare de Tervuren. Il devait prendre le train de 8 heures 22.

- Est-il bien monté dans ce train-là ?

- Oui. Nous étions très en retard et on sifflait déjà le départ. Pour comble, nous nous trouvions du mauvais côté de la gare. Le pauvre Lassier s'est affolé, et je le vois encore courir à toutes jambes, traverser les rails en trébuchant et contourner le convoi en passant devant la machine. Le train s'est mis en marche, j'ai attendu qu'il soit parti et je suis retourné à ma voiture... qui a refusé de démarrer ! J'ai dû rentrer à pied. Quelle soirée !

- Êtes-vous passé près de la villa du colonel ?

- Non... Qu'allez-vous imaginer ?

- Mais rien, rien du tout, lança Gilson. Nous essayons simplement de recueillir le plus de détails possibles. Et dans votre promenade, vous n'avez rencontré personne ?

- Non, je ne crois pas.

- Parfait. Maintenant, abordons un autre sujet.

Gilson allait reprendre la série de questions qu'il avait posées à Marysia dans le bar aux miroirs, quand un inspecteur entra sans avoir frappé.

- Monsieur le Commissaire, l'inspecteur Lecoq vous demande au téléphone. Très grave, très urgent.

Une minute plus tard, Gilson, visiblement préoccupé, remerciait rapidement Bonivers, prenait à part Longueville et lui glissait à l'oreille :

- Au Cercle, en vitesse. Le Roumain vient d'y être assassiné.

Même jour, 17 heures

L'agaçante sirène de la voiture banalisée ne consentit à se taire que Place de Brouckère, ce pendant que les deux policiers, avec un bel ensemble, sautaient l'un sur le trottoir l'autre sur la chaussée. S'engouffrant sous le porche du Cercle, ils grimpèrent quatre à quatre les marches du grand escalier. Gilson plongea dans le salon Morphy... et reçut dans ses bras une Marysia éplorée qui répétait :

- Paul, Paul, aidez-moi. Je vous aime tant! Aidez-moi, regardez... Regardez l'automate, il saigne... Aidez-moi, je vous en prie, cher Paul si gentil...

Quelque peu pris au dépourvu, Gilson jeta un coup d'œil vers l'impassible Mamelouk. Ne remarquant rien de spécial a priori, il repoussa doucement la Polonaise.

- Voyons, Marysia, on vous aide. Nous sommes ici pour ça!

- Paul, regardez, là, sur le divan...

Sur le cosy-corner, où avait reposé le corps de Nicolas Bisschops deux jours auparavant, gisait Caralescu, la chemise tachée de sang. Le docteur Mortier arrêta de l'ausculter, se redressa et dit simplement :

- Mort. Un coup d'épée en plein cœur. La victime a été frappée alors qu'elle était assise dans l'automate.

Gilson s'approcha du mannequin et put constater qu'effectivement il y avait du sang au milieu de la blouse de satin noir.

- Mais que faisait-il là-dedans?

- Je ne sais pas, je ne sais pas, cher Paul. Et voyez, là, par terre, cette dague. On l'a enlevée de ma panoplie, sur la cheminée.

- Qu'on ne touche à rien, cria Longueville en se dirigeant vers la porte. Je vais immédiatement prévenir le Parquet et le Commissariat de police.

- Et que tout le monde sorte, ajouta le commissaire. Je recueillerai les témoignages au bureau Gréco, à côté. Lecoq, postez-vous à la porte d'entrée.

Gilson se tint près de la porte et regarda défiler les occupants du salon. Marysia, en tailleur bleu, très sombre, très strict, et essayant de retrouver son éternel demi-sourire. Mortier, dont il était difficile de saisir le regard à travers ses gros verres de lunettes. Van Drooghem, l'allure vraiment vulgaire dans son complet à carreaux. Alphonse, qui ne savait où regarder. Lassier, qui arborait une grosse cravate rouge, on se demande bien pourquoi. Et enfin deux inconnus, deux retraités visiblement, engoncés dans leurs trois-pièces de confection et qui avaient l'air de se dire « Que diable allions-nous faire dans cette galère ! »

Le commissaire arrêta les deux hommes au passage :

- Messieurs, veuillez entrer dans ce bureau, je commencerai par vous. Vos noms, prénoms. Mais restez calmes, voyons, je ne vous mangerai pas !

- Jozef en Pieter Vandeputte. Ik ben Jozef. Mijn broeder en ik zijn schaakspelers.

- Excusez mon frère, fit Pieter. Il est si ému qu'il en oublie son français. Nous sommes des joueurs d'échecs, membres du Cercle, et nous étions venus pour rencontrer peut-être des partenaires. Dans le Lasker, il n'y avait que le monsieur à cravate rouge ; il nous a regardés et n'a pas bougé. Puis, nous avons attendu dans le Steinitz, mais personne n'est venu.

- Nee, broeder, het is niet waar.

- Alleïe, Jozef, laisse-moi donc parler ! Je veux dire personne pour jouer. Il y a eu juste un jeune étranger, un étudiant sans doute, qui nous a demandé si l'on n'avait pas vu le champion roumain Cara-chose.

- Celui-là qui s'est fait seulement zigouiller, fit Jozef, semblant retrouver la langue de Voltaire, ou quelque chose d'approchant.

- Justement, opina Pieter.

- Voulez-vous me décrire ce jeune homme.

- Un beau garçon, bien habillé, sympathique, répondit Pieter

- Mais des yeux durs, très durs, oh là là ! Moi, c'était à en avoir peur, compléta Jozef.

- Ensuite ?

- Eh ben, il est sorti en claquant la porte.

- C'est tout ?

- Non, fit Jozef. Je l'ai revu comme j'allais aux toilettes. Il entrait dans le salon d'à côté.

- Dans le Morphy ?

- Non, dans l'autre, à côté du bar.

- Mais ce n'est pas tout, reprit Jozef. Cara-chose et moi on s'est croisé dans les toilettes.

Gilson se sentait de plus en plus intéressé.

- Rassemblez bien vos souvenirs, monsieur Vandeputte. Où allait le Roumain ?

- Ça, je ne sais pas, commissaire. Vous comprenez, moi j'étais occupé, n'est-ce pas (petit rire aigrelet). Mais quand je suis revenu dans le corridor, y avait personne.

- Et ensuite ?

- Comme il n'y avait pas de partenaire pour nous, on a commencé une partie à nous deux. Mais voilà que tout d'un coup…

- Une femme s'est mise à crier comme une folle, continua Jozef. On a couru.

- On est entré dans le grand salon. Ils étaient là plusieurs à retirer un corps caché dans le gros mannequin turc. C'était le Roumain, avec son crâne chauve. Et du sang…

- On l'avait zigouillé, précisa Jozef. Et voilà Pieter qui me dit : Restons ici, attendons la police, ça nous évitera des emmerdements.

- Vous avez bien fait et je vous en félicite, fit Gilson sur un ton aussi chaleureux que possible. Veuillez vous rendre au bar, mon inspecteur, que voici, vous y rejoindra.

Puis, se tournant vers Longueville qui venait d'entrer :

- Ces deux messieurs m'ont donné des renseignements très précieux. L'étudiant que nous avions fait sortir ce matin est revenu ici et il y a tout lieu de le tenir comme suspect numéro un du meurtre de Caralescu. Voulez-vous faire tout de suite le nécessaire pour qu'un mandat d'amener soit lancé contre ce Bogdan Machinscu…

- Bogdan Eminescu, Commissaire, j'avais noté le nom.

Dans le couloir, Marysia, redevenue elle-même, donnait des ordres :

- Ce soir et demain, le dancing et le Cercle resteront fermés. Bobby, je vous charge de prévenir Gina, qui doit maintenant être chez elle, à Waterloo. Alphonse, allez afficher : « Fermé pour cause de décès ». Cher Paul, je suis à vous.

Même jour, 19 heures 30

- Ouf, un peu de calme…

- Et enfin seuls…

Assis dans le bureau Gréco, les deux policiers se remémoraient les derniers événements de cette interminable demi-journée. Le Morphy avait été envahi par des ambulanciers, des policiers, des experts, le tout sous les ordres de deux très jeunes magistrats. Les experts avaient photographié à qui mieux mieux, mesuré dans tous les coins, tripoté le pauvre Turc qui n'en pouvait mais, et finalement emporté la dague meurtrière avec autant de soin et de respect que s'il s'était agi de l'épée Excalibur.

Et maintenant, Gilson essayait de synthétiser l'ensemble des données recueillies au cours des divers interrogatoires et résumées vaille que vaille dans le calepin de Longueville.

Convoqué au Cercle pour 16 heures, le docteur Mortier n'avait pas trouvé les policiers, et pour cause. Il était monté au second étage et là avait découvert Marysia donnant, dans son salon, un cours d'échecs au jeune inspecteur Lecoq, chargé de la protéger. Il avait bavardé puis était redescendu un moment pour prendre des documents dans le Gréco. Là, il avait rencontré Van Drooghem et Alphonse en pleine discussion sur l'avenir du dancing. Ne les écoutant guère, il était remonté, avait pris un thé avec Marysia jusqu'au moment où celle-ci était descendue à son tour , - pour voir s'il y avait des joueurs dans les salons, disait-elle. Puis Lecoq et lui avaient dévalé les escaliers pour foncer dans le Morphy, alertés par les cris de Marysia.

De leur côté, le Hollandais et le Liégeois affirmaient ne pas avoir quitté le bureau jusqu'au moment où, entendant Marysia appeler au secours, ils s'étaient précipités dans le Morphy et avaient découvert le drame. Entre-temps, ils avaient été dérangés dans leurs entretiens par Mortier d'abord, puis par un jeune homme qui cherchait Caralescu.

Quant à Lassier, on l'avait vu entrer au Morphy, puis il avait disparu, sans qu'on ne sache comment ni par où.

- Oui, disait Longueville, ce sont les deux retraités qui auront fourni les témoignages les plus intéressants. Je les ai communiqués par téléphone au juge Dumoncelle, lequel a immédiatement lancé un mandat d'arrêt contre Bogdan Eminescu.

- Voici comment je vois les choses : Ayant aperçu le nommé Bogdan dans le couloir, le pauvre Caralescu a voulu se cacher n'importe où. Pourquoi pas dans l'automate, s'est-il dit, là où Marysia et lui avaient jugé bon de nous jouer ce matin la petite comédie que nous savons.

- Et Bogdan l'a découvert et trucidé sur-le-champ.

- D'accord, d'accord. Mais demain matin, le procureur va certainement me dire :

« Voyez, je l'avais prédit, la série continue, le Roi Noir a encore frappé. Le Pion Blanc, destiné au sacrifice dans un gambit, c'est l'infortuné Roumain ».

- C'est ce que vous pensez, commissaire ?

- Je ne sais pas, je ne sais plus. Écoutez, Longueville, je veux reparler de tout cela avec Marysia. Oui, calmement, très calmement. Elle m'a d'ailleurs invité à dîner chez elle, au second étage. Soyez gentil, téléphonez à ma femme, dites-lui que je rentrerai plus tard... Le service...

Et Gilson quitta l'inspecteur. Lequel esquissa un drôle de petit sourire...

*   *   *   *

*   *   *

7ème coup : C f 3 x d 4 Prise de la Dame Noire
... g 7 - g 6 —

Chapitre V

LA DAME BLANCHE

Jeudi 13 mai, 9 heures 30

C'est un Gilson parfaitement calme et détendu que Longueville retrouva le lendemain matin à la PJ. Le commissaire paraissait enchanté de la soirée passée avec Marysia. Certes, il n'avait pas appris grande chose de neuf, mais il avait bavardé, bavardé, sondant la jeune femme, l'interrogeant sur son passé en France et surtout essayant de la comprendre.

- Elle est déroutante, disait-il maintenant. Je la crois quelque peu affabulatrice.

- Lui avez-vous parlé des lettres du Roi Noir ?

- Non, pas du tout.

- Et pour finir elle vous a sauté au cou ?

Gilson prit un air choqué :

- Dites donc, inspecteur, modérez vos expressions ! Non, elle m'a gentiment tendu la main, et c'est en regardant cette belle main qu'il m'est venu une idée... Veuillez appeler Pottier au téléphone.

- L'expert ? Un moment, le voici :

Gilson prit le combiné des mains de l'inspecteur :

- Allo, Pottier. Dites-moi, vous aviez relevé les empreintes de Mademoiselle Stobolska sur le revolver du colonel de Foy ? Bon. Les avez-vous comparées avec celles prises sur son verre de champagne, au Cercle, après le décès de Monsieur Bisschops ? Et avec celles trouvées sur ce Roi Noir découvert dans les poches du défunt ? Non ? Vous n'y aviez pas pensé ? Moi non plus. Alors, allez-y.

Le commissaire se leva en raccrochant.

- Et maintenant, nous filons chez feu Bisschops. J'ai en poche un mandat de perquisition, mais pour faire moins dramatique, j'ai prié l'homme d'affaire du défunt de nous attendre là-bas. C'est à Boitsfort, avenue de l'Uruguay.

Longueville crut bon de faire ici une petite grimace :

- Près du Bois de la Cambre. Un quartier chic. Y a du fric, là-bas...

Avenue de l'Uruguay, c'est un larbin en uniforme - pas moins ! - qui vint ouvrir.

- Police judiciaire. Monsieur Thibaux est-il arrivé ?

- Il vous attend au salon, Monsieur le Commissaire. Veuillez me suivre, je vous prie.

Derrière le larbin, qui jouait à merveille son rôle de larbin, les deux policiers gravirent un escalier de marbre et se virent introduits dans un vaste salon du plus pur style 1900. Monsieur Thibaux, un petit bonhomme grassouillet et souriant, se leva à leur entrée.

- Vous êtes le commissaire Gilson et l'inspecteur Longueville ? Asseyons-nous. Croyez bien, Messieurs, que ce drame me plonge dans une stupeur qui n'a d'égale que mon profond abattement. Aussi suis-je tout à votre service. Si mon modeste concours peut vous être utile, ne craignez point d'en abuser. Ne suis-je pas le confident, et même l'âme sœur dirais-je, de mes clients ? J'ajouterai ceci : Lorsque...

Les deux policiers se regardèrent en réprimant un sourire, et c'est Longueville qui fonça pour couper court au bavardage :

- Depuis quand Monsieur Bisschops était-il votre client ?

- Depuis vingt-deux ans, si je compte bien. Non, je crois que...

Gilson fonça à son tour :

- La fortune du défunt résidait principalement dans l'immobilier, je crois ?

- Oui, monsieur le Commissaire. Outre le présent hôtel de maître, Monsieur Bisschops possédait une villa à Waterloo et diverses maisons avenue Louise, avenue Brugmann, avenue de la Couronne. J'en passe…

- … Et des meilleures. Bon. Total de cette fortune ?

- Voyons... Disons une dizaine de millions (1). Tout dépend du marché de l'immobilier. De nos jours, après cette guerre, vous savez…

- Je sais, de nos jours, nous savons… Connaissez-vous les dispositions testamentaires du défunt ?

- Parfaitement, c'est mon métier, n'est-ce pas ? La plus grosse part de cette fortune revient à la fille de Monsieur Bisschops, épouse de Monsieur Bonivers. Mais un million et demi est donné en nue-propriété au Cercle Échiquéen, l'usufruit en revenant à Mademoiselle Stieltjes…

- … dite Gina Claretty, et déjà héritière de la villa qu'elle occupe à Waterloo.

- Ah, vous saviez cela ?

- Non, mais c'était facile à deviner.

- Notez que Monsieur Bisschops avait d'abord voulu léguer ce million et demi à la demoiselle Gina. Suite à une intervention de la famille, j'ai fait remarquer à mon client qu'il avait tort de laisser une telle fortune entre les mains d'une fille totalement incapable de la gérer. Monsieur, comprenant à demi-mot, me répondit ironiquement qu'il allait réfléchir. Voyez-vous, dans mon métier, on rencontre souvent de ces vieillards amoureux, capables des pires sottises. Il faut savoir s'y prendre, et moi alors…

---

(1) Soit approximativement 2,5 millions d'euros au taux d'aujourd'hui.

- Je vous crois, je vous crois. Et ensuite?

- Et ensuite, le lendemain même, Monsieur Bisschops ajoutait à son testament un codicille par lequel il léguait au Cercle la nue-propriété de l'immeuble de l'avenue Louise.

- Dites-moi maintenant, à qui échoit sa part de commandite du Cercle?

- À Mademoiselle Stobolska, et ce par un second codicille. En témoignage d'amitié et de reconnaissance, stipule le texte testamentaire.

- Que voilà une étonnante coïncidence, fit Longueville. Lorsque j'enquêtais sur la mort du colonel de Foy, j'avais appris que celui-ci avait rédigé deux codicilles analogues.

- C'est exact, et je crois savoir que Monsieur Bisschops n'avait fait ici qu'imiter le colonel de Foy.

- Et pourquoi?

- Ça, monsieur l'Inspecteur, comment le saurais-je? Il m'a semblé que la dame polonaise exerçait une certaine emprise sur ses partenaires du Cercle. Mais je vous en prie, Messieurs, ne me faites pas dire ce que je n'ai pas dit.

- Bon, passons. Quel était le montant de chacune de ces parts de commandite?

- Six cent mille francs, messieurs.

- Et chez les autres bailleurs de fonds?

- Chez Messieurs Mortier et Van Drooghem? Mêmes parts.

- Et chez Lassier?

- Je connais à peine ce monsieur. Mais sa part de commandite, c'est zéro.

Gilson éprouvait un sentiment d'étouffement dans ce salon rococo, surchargé de tapis, de tentures, de toiles de grands maîtres et de sculptures de petits maîtres. Beaucoup de femmes nues, en grand, en petit, en relief, en noir et en couleur. Trop c'est trop, songeait le commissaire.

- Que pensez-vous de Mademoiselle Claretty, demanda-t-il pour dire quelque chose.

- La même chose que vous, commissaire. Elle coûtait cher au pauvre monsieur. Si vous voyiez sa villa de Waterloo !

- J'irai lui rendre visite. Où est-ce, au juste.

- Facile. Drève d'Argenteuil, près du monastère de Berlaimont.

Longueville eut un petit rire et crut bon de faire de l'esprit :

- Un monastère ! Je croyais que la Dame Blanche préférait le voisinage d'un Roi du Jazz à celui du Roi des Cieux !

Comme monsieur Thibaux regardait sans comprendre, Gilson se leva et dit :

- Je vous remercie de vos renseignements, Monsieur. Mon collègue et moi allons maintenant procéder à une rapide perquisition. Vous nous accompagnez ?

Les deux policiers fouillèrent le luxueux rez-de-chaussée sans rien découvrir de bien spécial, sinon un désordre généralisé. À l'office, dans les sous-sols, Thibaux leur présenta le petit personnel de la maison : le larbin Anatole, glabre sous ses épais sourcils noirs, la servante Mariette, une blondinette souriante, la cuisinière Émilie, une rousse flamboyante.

Les questions posées n'apportèrent aucune réponse intéressante. Oui, Mademoiselle Claretty venait certains jours, après le spectacle. Oui, on aura vu ici, quelques fois, Mademoiselle Stobolska. Elle, la nuit, ici ? Mais jamais monsieur l'inspecteur ! Jamais !

Suivis d'un Thibaux qui s'essoufflait dans l'escalier, les policiers montèrent rapidement au premier étage et commencèrent la visite des pièces. Dans le bureau, ça et là, des dossiers ouverts, des lettres d'affaire éparpillées, de vieux journaux, des magazines échiquéens. Et par terre, un bouquin érotique, assez ancien semblait-il.

- Commissaire, regardez ce que je viens de trouver, là, sous ce divan !

Longueville montrait un coffret ouvert.

- Ce jeu, ce très beau jeu, en ivoire, est identique à celui qui a servi pour la dernière partie jouée au Cercle par feu Bisschops contre le Roumain.

- Vous en êtes sûr?

- Absolument. Je reconnais les Fous. Ils ont des têtes de fous, je veux dire de fous moyenâgeux. Et ce n'est pas tout, comptez les pièces !

Gilson remua les figurines dans leur coffret.

- Mais il manque le Roi Noir! Voilà qui change tout! Monsieur Thibaux, voulez-vous appeler le nommé Anatole.

- On a volé quelque chose? fit le petit bonhomme en actionnant une sonnerie.

- Oui, répondit Longueville, une pièce à conviction

Le larbin se présenta chargé de plus de componction que jamais.

- Dites-moi, Anatole, connaissez-vous ce jeu.

- Certainement, Monsieur le Commissaire. C'est une antiquité que Monsieur avait rapportée de Paris. Une pièce unique, m'avait-il dit.

- Une pièce unique! fit Gilson en souriant. Savez-vous qu'il en existe une copie au Cercle Échiquéen?

- Je crois me souvenir que Mademoiselle Stobolska avait parlé de cette coïncidence.

- Tiens! Savez-vous aussi qu'il manque une pièce à ce jeu?

- Oui, Monsieur le Commissaire. Le Roi Noir.

- Tiens, tiens. Et, je n'en doute pas, vous savez aussi depuis quand elle a disparu?

- Oui, Monsieur le Commissaire. Depuis le samedi 1er mai, très exactement. Ce jour-là, Monsieur avait rassemblé ici les dirigeants du Cercle. L'avant-veille, rappelez-vous, Monsieur de Foy avait été assassiné et ces personnes voulaient faire le point.

- Quelles étaient ces personnes ?

- Messieurs Bonivers, Mortier, Van Drooghem. Et aussi Monsieur Lassier. Et aussi, bien sûr, Mademoiselle Stobolska. Elle paraissait très inquiète.

- On la comprend, jeta Longueville. Elle allait être arrêtée le surlendemain. Continuez, mon ami... Mais, dites-moi, ces personnes ont-elles joué une partie ?

Le larbin avala sa salive.

- Non, Monsieur a simplement voulu présenter le problème qu'il était en train de composer. Monsieur Lassier a voulu déplacer des pièces, mais Monsieur Bonivers lui a dit : Écoutez donc ce qu'on dit ! Ne touchez à rien.

- Et c'est alors que le Roi a disparu.

- Je ne sais pas, Monsieur le Commissaire. Ce dont je me souviens, c'est qu'après le départ de ces personnes nous avons cherché, cherché. Tous, Monsieur, Mariette, Émilie, moi-même. Tous. Et nous n'avons rien trouvé.

- Vous êtes sûr que le jeu était complet avant l'arrivée des visiteurs ?

- Absolument sûr, Monsieur le Commissaire. Je l'avais nettoyé le matin même.

- Soit. Eh bien je vous remercie.

Tandis que le larbin se retirait, les deux policiers continuèrent, sans trop de conviction, la perquisition commencée, avec sur leurs talons le petit Thibaux qui répétait :

- Vous trouvez quelque chose ? Que pensez-vous découvrir ?

Finalement, Gilson lui dit, presque sèchement :

- Vous pouvez vous retirer, Monsieur, je vous remercie. Notez que j'emporte ce jeu pour expertise, et maintenant excusez-moi, je dois donner un coup de téléphone.

Il y avait un appareil dans le bureau

- Allo, Pottier ?... Vous avez pu procéder à la comparaison dont je vous parlais ?... Ah bien, bien, très bien. Je vous salue, cher ami.

Gilson se tourna vers Longueville :

- Et voilà la nouvelle : Les empreintes relevées sur la coupe de champagne et sur le Roi Noir trouvé dans la poche du cadavre ne sont pas celles de Marysia.

- Sur ce Roi identique à celui qui a disparu ici?

- Parfaitement. Mon cher, nous devons réexaminer le plan que nous avions fait ce jour-là, le plan qui mentionne les emplacements des coupes de champagne. Nous avons dû cafouiller... N'auriez-vous pas une idée?

- Si, si, j'ai une idée... Un peu farfelue...

- Dites toujours...

- Ne serait-ce pas Bisschops lui-même qui aurait machinalement fourré le Roi dans une poche, ici même? Où il serait resté jusqu'au jour fatal...

Le commissaire réfléchit un moment.

- Pourquoi pas?... Le bonhomme paraissait plutôt distrait...

- Et désordonné... Voyez donc, autour de nous...

- Soit. Mais laissez-moi réfléchir... Et si le fameux Roi avait été volé ici puis restitué. En ce jour fatal, comme vous dites. C'est peut-être la révélation que voulait me faire le pauvre vieux, juste avant sa mort.

- Et on l'a empêché de parler.

- Longueville, ne nous emballons pas... Et n'oubliez pas ce vieux principe qui est la base de toutes les enquêtes : ce qui semble coïncider ne coïncide pas nécessairement.

- Je sais, je sais... Mais alors, dans l'une comme dans l'autre de ces hypothèses, qui donc aurait enlevé le Roi du jeu qui avait servi à Bisschops et au Roumain?

Gilson ne put répondre que par un geste d'impuissance.

- Que voulez-vous que je vous dise? Celui que nous recherchons est visiblement un psychopathe obsédé par l'image du Roi Noir. Il nous pose des énigmes, comme à plaisir. Mais je suis quand même certain d'une chose : Tôt ou tard il se trahira. Tôt ou tard il ne pourra résister à l'envie de nous crier : C'est moi, moi, MOI, qui vous ai tous roulés.

Même jour, 15 heures

C'est avec un large sourire que le procureur de Rochehault déposa une feuille dactylographiée sous les yeux de Paul Gilson :

- Lisez, mais lisez donc. C'est exactement ce que j'avais prévu.

Monsieur le Chef du Parquet à Bruxelles
Je ne suis pas fou, mais :
5 : ... e5 x d4
6 : D d1 x d4
Mais ceci est sans importance.
(s) Le Roi Noir

- Oui, commissaire. Exactement comme prévu. Le Pion Blanc du gambit est sacrifié.

"Mais son prédateur, le Pion Noir, n'aura pas eu plus de chance car le voilà dévoré à son tour. Et ce par la Dame Blanche ! Laquelle, du coup, s'est mise en position de danger mortel. C'est grave, très grave. Le pauvre grand maître roumain n'aura été qu'un pion dans le jeu diabolique mené par notre « Roi Noir ». Et, pour comble, déclaré « sans importance ».

- Excusez-moi, monsieur le Procureur, mais nous avons de bonnes raisons de croire que le maître Caralescu a été assassiné par un compatriote, un étudiant roumain…

- … nommé Bogdan Eminescu, n'est-ce pas ? Eh bien, vous vous trompez, Commissaire. Où donc étiez-vous ce matin ?

- Au domicile de feu Bisschops.

- Or, pendant ce temps-là, la police de Bruxelles arrêtait cet étudiant, vers 8 heures, chez lui, rue Saint-Géry. Il était au lit avec une petite amie, laquelle a voulu l'accompagner au commissariat, jurant qu'il était innocent du meurtre dont on l'accusait.

- Eh bien, ce fut rapide !

- La police le surveillait depuis longtemps. Agitation politique. Après que le juge Dumoncelle m'eut signalé qu'il lançait un mandat contre cet étudiant, j'ai eu un long entretien téléphonique avec monsieur Dujardin, le commissaire en chef de la Première Division. L'affaire me tient à cœur, vous le savez.

- Et ensuite, monsieur le Procureur ?

- Ensuite ? Je vous résume ce que Dujardin vient de me dire au téléphone, il y a un quart d'heure :

« Oui, reconnaît le nommé Bogdan, oui, hier, vers 16 heures 15, je suis monté au Cercle avec l'intention de « casser la gueule à cette crapule », selon ses propres termes. Oui, oui, ajoute-t-il, mais rien de plus. Là-haut, il a croisé l'une ou l'autre personne, mais pas « l'immonde communisto-nazi ». Il est redescendu tout de suite, a retrouvé la petite amie qui l'attendait près de la fontaine et ensemble ils sont partis vers les Facultés Saint-Louis, à dix minutes de là. Ils avaient un cours à 16 heures 30 et sont arrivés juste à temps.

« Dujardin et ses hommes ont chronométré, vérifié. Et interrogé Mademoiselle Stobolska, et le concierge, et le docteur Mortier...

- Tiens, il était là, celui-là ?

- Dujardin est formel : Au moment du meurtre, Bogdan avait déjà quitté le Cercle. On le garde à vue, mais il sera rapidement libéré, sauf imprévu.

- Bon, tant mieux pour lui. Mais je ne vois vraiment pas, monsieur le Procureur, comment notre tueur en série aurait pu identifier Caralescu à un Pion Blanc...

- Moi non plus, mais passons.

Gilson réfléchit un moment, se frotta le nez puis leva la main, l'index tendu :

- Monsieur le Procureur... il me vient une idée, un souvenir... Quand nous avons croisé l'étudiant roumain dans le couloir du Cercle, celui-ci nous a déclaré que Caralescu avait été son maître d'école. Alors, en extrapolant... maître d'école... surveillant... pion. Oui, un pion, un maître mal vu de ses élèves...

Rodolphe de Rochehault se contenta de sourire.

- Bravo, Commissaire. Je vois avec plaisir que vous rentrez dans mes vues... Vous dirai-je, de mon côté, que le mot « pion » peut désigner une personne manipulée dans une affaire qui lui est plus ou moins étrangère. Tel pourrait être le cas du feu Roumain.

« Mais laissons cela de côté, et passons à des choses plus sûres. Le juge Dumoncelle a convoqué pour demain tout le petit monde impliqué dans cette affaire... dans « ces » affaires, devrais-je dire. Et vous-même, où en êtes-vous ?

- Tout d'abord, je signale que toutes les précautions matérielles sont prises : le Cercle Échiquéen est littéralement en état de siège, et le dancing est fermé. Mesdemoiselles Stobolska et Claretty sont gardées jour et nuit, selon vos recommandations. Et comme Lassier semble devenu introuvable, son signalement est lancé à toutes les polices, à toutes les frontières.

- Visiblement, il a pris la fuite. Ne serait-ce pas lui le Roi Noir. Je veux dire le Roi Noir le plus probable ?

- Au stade actuel, monsieur le Procureur, je ne puis avoir que des présomptions, plutôt vagues d'ailleurs, et toutes d'ordre psychologique. Contre trois personnes.

- Expliquez-vous, commissaire !

- Je commence à croire, comme vous, que l'auteur des lettres anonymes et l'assassin ne sont qu'une seule et même personne. Primo, c'est un joueur d'échecs. Secundo, c'est un familier des milieux échiquéens du Cercle. Tercio, c'est un psychopathe, ou tout au moins un refoulé, quelqu'un qui aura été écrasé par les hommes ou par le Destin, quelqu'un qui se révolte contre son sort et essaie d'affirmer sa personnalité... comme il le peut. C'est ce que je répète à chaque occasion...

- D'accord, d'accord. Mais venons-en à vos trois suspects.

- Lassier d'abord. Mais Bonivers lui donne un alibi en béton pour le soir du meurtre du colonel de Foy. Par contre, il n'en a aucun pour les deux autres affaires.

« À l'opposé maintenant, Bonivers n'a aucun alibi pour la première affaire, puisqu'il avoue avoir erré dans Tervuren ce soir-là. Mais d'autre part, ce même Bonivers a un alibi pour le meurtre du Roumain, alibi fourni par moi-même, puisque je l'interrogeais à la PJ au moment du drame.

- Et votre troisième refoulé suspect ?

- Le docteur Mortier ?

- Il a très bien pu empoisonner la pipe de Bisschops, mais il possède des alibis pour les deux autres meurtres.

Renversé dans son fauteuil, le procureur paraissait réfléchir. Se redressant, il eut un geste élégant pour balayer d'un revers de la main une invisible poussière de son bureau.

- Et si l'on se tournait du côté du Hollandais ?

- Van Drooghem ? Il n'y connaît rien aux échecs !

- Et si l'on cherchait à qui les crimes profitent, selon le vieil adage ?

- Oui, les meurtres des deux commanditaires rapportent un gros million à Mademoiselle Stobolska.

- On a tué pour moins que cela !

Ici, Paul Gilson faillit bien s'énerver.

- Invraisemblable, monsieur le Procureur D'abord, ce n'est pas le genre de cette femme, je m'en porte garant. Ensuite, et vous le savez, elle a été innocentée dans l'affaire de Foy. Et au moment où l'on poignardait le Roumain, elle jouait chez elle aux échecs avec l'inspecteur Lecoq.

- Bon, bon, ne nous fâchons pas. Et Mademoiselle Claretty ?

- Une petite poule, une chercheuse d'or, une Marie-couche-toi-là, tout ce que vous voulez. Mais une meurtrière, non. Notez que dans cette affaire, elle perd un généreux protecteur, et peut-être même deux…

- D'accord. Mais il y a un autre adage, vous le savez : cherchez la femme. Non pas la meurtrière, mais la cause.

- J'y ai songé, monsieur le Procureur. Un jaloux n'aurait-il pas liquidé les amants de la Claretty ? Son partenaire le Roi Noir, par exemple.

Rodolphe de Rochehault sursauta :

- Vous plaisantez ?

- Pas du tout. Je songe ici à l'amant de cœur de la chanteuse, à Bill, l'Afro-Américain qui dirige le jazz du Cercle. Tout de blanc vêtu, il avait d'abord été appelé « Roi Blanc ». Puis un soir, le soir du meurtre de Bisschops précisément, la foule l'avait acclamé comme « Roi Noir ». Mais cela n'en fait nullement un expert en matière d'échecs !

Le procureur resta un moment silencieux, se demandant comment il fallait conclure.

- Eh bien Commissaire, continuez, mais voici un bon conseil : fouillez maintenant dans le passé de la Polonaise, du Hollandais, de la chanteuse, du jazzman. Allez à Paris s'il le faut, à Amsterdam, que sais-je ? À New York, pourquoi pas ? Car derrière ce Roi Noir qui m'écrit si régulièrement, je crois deviner maintenant la présence d'un manipulateur. Un vrai dur et non un brave petit bourgeois - refoulé ou non ! Au revoir Commissaire, je vous souhaite bonne chance.

C'est avec une certaine perplexité que Paul Gilson quitta le bureau du procureur. Mais par acquit de conscience, et avant de quitter le Palais de Justice, il passa chez le juge Dumoncelle. Très chaleureux, celui-ci lui prodigua ses encouragements et confirma qu'effectivement il avait convoqué pour le lendemain, vendredi 14 mai, tous les protagonistes de « l'affaire », ajoutant avec un petit sourire :

- ... de l'affaire du Roi Noir, comme le dirait notre procureur.

- Il va peut-être vous manquer quelqu'un, Grégoire Lassier, disparu sans laisser de trace. On cherche, nous cherchons...

- N'est-ce pas lui, justement, l'un des principaux suspects ?

- Oui et non, monsieur le Juge. Mais précisém...

Gilson s'arrêta brusquement, paraissant réfléchir.

- Excusez-moi, pourrais-je donner un coup de téléphone, ici, tout de suite ?

- Je vous en prie...

Dès qu'il eut la communication, le commissaire attaqua de plein fouet :

- Monsieur Bonivers, vous m'avez dit, avant-hier, que le soir du 29 avril, à la gare de Tervuren, Grégoire Lassier avait couru devant vous et contourné la locomotive pour avoir le train de 8 heures 22 ? Exact ?

- Euh... oui, monsieur le Commissaire.

- Êtes-vous sûr qu'il soit monté dans ce train ?

- Oui oui oui, il me l'a raconté le lendemain.

- Mais mille sacrebleus, hurla Gilson avec énervement, je ne vous demande pas ce que votre employé vous a raconté. Je répète ma question : Avez-vous vu, réellement vu Lassier dans le train ? Vous saluant depuis une portière, par exemple ? Ne se serait-il pas tout simplement glissé dans la gare, caché à vos yeux par la masse du train ?

Il y eut un silence au bout du fil, puis la voix se fit lamentable :

- C'est possible, monsieur le Commissaire, bien possible... Excusez-moi...

Paul Gilson fit un gros effort pour se calmer, mais sacra derechef :

- Mille sacrebleus, vous auriez pu être plus clair ! Par votre faute, je n'ai pas arrêté Lassier quand il en était encore temps. Et maintenant, il a disparu.

- Disparu ?

- Oui, monsieur Bonivers. Il n'est pas chez vous, par hasard ? Non, évidemment !

Gilson raccrocha.

- Ainsi donc, Monsieur le Juge, et contrairement à ce que j'ai cru un moment, Lassier n'a aucun alibi pour le meurtre du colonel. Il n'en a pas davantage pour les deux autres crimes. Et vu son comportement mental plutôt bizarre, je crois que vous tenez là le suspect idéal.

- Hélas, mon cher Commissaire, je ne tiens rien du tout… Enfin, nous verrons demain.

Comme Gilson se levait, le téléphone se mit à sonner.

- Monsieur le Procureur ? Je vous écoute… Ah ? Tiens, tiens ! Bizarre. Mais le commissaire Gilson est justement là, devant moi, il vous écoutera avec… avec émerveillement… oui, c'est ça. Émerveillement.

Le juge tendit le cornet au commissaire.

- Eh bien Gilson, j'ai trouvé, faisait, triomphante, la voix du procureur. Le Roi Noir, c'est Lassier ! Mais oui, Sélassier c'est Lassier. C'est Hailé Sélassier Ier, le Négus, le Roi Noir, l'empereur d'Éthiopie. Ramené sur son trône par les Alliés, en 1941.

Le policier et le juge se regardèrent mi-étonnés, mi-souriants, mi-incrédules.

- Je vous le disais tout à l'heure, Commissaire, quelqu'un nous manipule, quelqu'un qui avait trouvé ce jeu de mots et s'en sert pour se payer notre tête. Je vous répète que les deux femmes sont menacées. Soyez vigilants !

- Oui, monsieur le Procureur. Ce soir même j'irai vérifier les dispositifs de sécurité installés au Cercle, où habite la

Dame Noire, puis ceux de la Villa Rumba, résidence de la Dame Blanche à Waterloo.

Ce même jeudi 13, 20 heures

Place de Brouckère, Gilson et Longueville avaient trouvé un Cercle totalement désert, si l'on excepte le policier en uniforme de garde au rez-de-chaussée et un autre à l'étage, où tous les salons étaient rigoureusement vides. « Madame est sortie avec l'inspecteur Lecoq », avait déclaré le flic du bas. Quant au concierge Alphonse, il semblait incarner le classique trio des petits singes : rien dit, rien vu, rien entendu. « Mais le dancing restera fermé » avait-il jugé bon de préciser.

Là-dessus, les deux policiers et leur voiture banalisée avaient traversé la ville et pris la route de Waterloo.

- Vous savez, disait Gilson, qu'il n'y a jamais eu de bataille à Waterloo. Les combats se sont déroulés sur les territoires des communes de Braine-l'Alleud, de Plancenoit, de Lasne, d'Ohain. Oui, Ohain, que Victor Hugo a rendu célèbre par son chemin creux. Waterloo était simplement le PC de Wellington. Voici l'église, qui est le véritable monument anglais de la bataille. Nous lui tournons le dos et plongeons droit vers la limite sud de la forêt de Soignes.

Ils durent chercher quelque peu et finalement découvrirent un bungalow carré presque caché dans la futaie. « Villa Rumba », annonçait une plaque fixée sur une grille ouverte. Ils viraient pour entrer quand une voie impérative lança :

- Halte ! Police ! Où allez-vous ?

- Police judiciaire ! Nous allons chez Mademoiselle Claretty.

- Inspecteur Fairon, du commissariat de Waterloo, fit un jeune homme sortant de l'ombre. Mon collègue Verdet se tient derrière la villa. Vous pouvez garer votre voiture là, dans ce recoin.

- Merci mon ami, répondit Gilson. Mais dites-moi, il y a un concert, là ?

Une voix claire chantait, timidement accompagnée par un piano hésitant :

Dans les montagnes du Hoggar
Une femme au méchant regard
Au cœur félon, règne dit-on
Antinéa c'est son nom.
Le cheikh Moham…

Le carillon de la porte d'entrée avait brusquement coupé le galop du Cheikh Mohammed ben Kaddour. C'est une Gina souriante qui vint elle-même ouvrir la porte, une Gina ravissante dans un ample déshabillé blanc, - déshabillé très habillé, cette fois.

- Messieurs les policiers, quelle bonne surprise !

Gilson et son compagnon pénétrèrent dans un living assez moderne qui aurait pu être plus agréable s'il y avait régné un petit peu plus d'ordre. Debout devant le piano, un personnage inattendu, le docteur Mortier. Lequel, après les poignées de main de circonstance, crut bon de donner quelque explication de sa présence :

- J'étais venu apporter ce livre que Gina m'avait demandé.

Il montrait une édition illustrée de *« L'Atlantide »* de Pierre Benoît, ajoutant :

- Gina veut ajouter l'air du *« Sheikh of Araby »* à son répertoire. Moi, j'essayais maladroitement de l'accompagner. Je ne suis pas pianiste.

- Cet air est un très bon slow, ajouta la chanteuse. Bill sera d'accord pour l'inclure dans notre programme. Je l'aime beaucoup, cette Antinéa, cette femme pour laquelle des hommes tuent et tuent encore.

- Pardon, Mademoiselle, fit Gilson avec un petit sourire. Ils ne tuent pas, ils se tuent. Par amour.

- Mais ils tuent aussi ! s'exclama le docteur. C'est pour plaire à Antinéa que le lieutenant de Saint-Avit fracasse le crâne de son ami, le capitaine Morhange. Oui, oui, il existe des femmes pour lesquelles on tue.

Tout cela sonnait un peu faux, et Longueville jugea bon d'entrer de plain pied dans le vif du sujet :

- Feriez-vous allusion aux meurtres qui frappent le petit milieu du Cercle Échiquéen? Non, je suppose. Nous n'y avons d'ailleurs découvert aucune Antinéa (un petit rire, ici). Mais nous vous disons ceci : Mademoiselle Claretty, soyez prudente, très prudente.

Gina eut un geste d'énervement :

- Je sais, je sais. Et la présence de flics dans mon jardin m'agace énormément.

- Désolés, Mademoiselle. Mais nous sommes ici pour vérifier le dispositif de sécurité et de protection. Pour la villa et pour vous-même. Nous allons faire une inspection.

- Je vous accompagne, si vous le permettez, fit Mortier d'une voix plutôt timide. En fait, j'avais la même intention que vous-mêmes, messieurs. Notre amie que voici est d'une telle inconscience...

- Vous demanderai-je aussi, Mademoiselle, ajouta Gilson, de fermer soigneusement toutes les fenêtres, toutes les portes extérieures.

- Non, monsieur. Je ne supporte pas de dormir avec les fenêtres fermées.

Là-dessus, Gina lui tourna le dos et s'assit au piano tandis que les trois hommes entreprenaient un examen systématique des locaux. La porte d'entrée donnait sur un vaste hall fermé par une serre. À gauche, c'était le living, prolongé par la cuisine; à droite, le couloir de nuit conduisant aux chambres et à la salle de bains. La chambre à coucher de Gina, très coquette avec son grand lit tout blanc, s'ouvrait directement sur un minuscule jardin doté d'un portillon débouchant sur la forêt.

Rejoints par les inspecteurs Fairon et Verdet, les trois hommes vérifièrent toutes les fermetures. Gilson y alla de ses dernières recommandations à l'intention des deux jeunes agents :

- N'oubliez pas, mes amis, que votre mission ici est délicate, dangereuse même. Vous être armés? Tous les deux? Parfait.

Et se tournant vers le médecin :

- Vous partez maintenant?

- Non, pas encore. Gina m'a invité à dîner. En toute simplicité.

Les deux policiers échangèrent l'un de ces sourires que l'on qualifie d'entendus…

- Et n'oubliez pas que le juge Dumoncelle vous attend demain, l'un et l'autre.

- Nous y serons, sans faute. Mais, dites-moi, dispose-t-on maintenant d'éléments nouveaux relativement à ces meurtres?

Les policiers firent, comme à regret, un signe de tête négatif. Là-dessus, ils serrèrent les mains, saluèrent de loin Gina qui semblait bouder, puis se dirigèrent vers leur voiture.

- Un moment, fit Gilson. Écoutons donc la suite. Elle chante très bien mais lui, il joue comme un pied :

Le cheikh Mohammed ben Kaddour
Pour la belle se meurt d'amour.
Dans l'immense Sahara
Il cherche Antinéa.

- Tout cela cacherait-il quelque chose? fit Gilson d'une voix pensive.

Longueville eut un large sourire :

- Commissaire, puis-je me permettre de vous rappeler ce que vous me disiez ce matin même : Ce qui semble coïncider ne coïncide pas nécessairement.

Paul Gilson mit la voiture en marche, sortit du bois et se dirigea vers la ville.

Vendredi 14 mai, 0 heure

- Je n'aime pas cela, disait Verdet à son collègue. Une nuit noire, sans lune. Un éclairage public beaucoup trop faible. Non, je n'aime pas ça...

Ils s'étaient assis sur un banc, près de la porte d'entrée.

- Si le docteur espérait faire cou-couche avec la jeune personne, fit Fairon en riant, il doit être assez déçu, puisque la chanteuse s'est sentie malade après le dîner et a voulu aller tout de suite au dodo.

- Et comme tu as vu, il s'est consolé en traînant un matelas depuis une chambre voisine, ce qui lui a permis de dormir tout habillé au pied de sa belle ! Je veille, m'a-t-il dit le plus sérieusement du monde en montrant un vieux pistolet.

- Il veille devant une fenêtre grande ouverte. Quel idiot !

- Bon. Reste assis, je vais faire une petite ronde.

Un cri de femme les fit sursauter. Les deux policiers se ruèrent sur la porte d'entrée.

- Bien sûr, c'est fermé à clé depuis l'intérieur !

Ils dégainèrent, contournèrent le bungalow, pénétrèrent dans la chambre de Gina et découvrirent docteur Mortier qui se relevait péniblement.

- Par là, le portillon ! Rattrapez-le ! On s'est colleté, il m'a quasi assommé. Je lui ai arraché ça ! Une cagoule !

Il montrait une pièce de tissu noir.

- Mais courez, Bon Dieu ! Courez-lui dessus... Et faites attention à mes lunettes, là, par terre, à vos pieds !

Les deux policiers s'éparpillèrent dans le jardin puis dans la forêt. Mortier alluma et s'approcha de Gina qui semblait respirer avec peine.

- J'appelle les urgences, tout de suite...

L'un après l'autre les deux inspecteurs rentrèrent bredouilles.

- Avez-vous aperçu son visage ? demanda Fairon à Mortier.

- Non, il me tournait le dos. Des cheveux grisonnants, je crois. Et des gants, oui, il était ganté. Mais l'état de la jeune femme m'inquiète : Il y a eu tentative de strangulation. Elle respire mal. Je vais lui faire du bouche à bouche...

Les hurlements d'une sirène d'ambulance les firent sursauter.

- Clinique de l'Espérance à Waterloo, fit l'un des ambulanciers en entrant.

- Je vous accompagne, lança Mortier. Et vous deux, je crois que vous devriez avertir le commissaire Gilson, le plus tôt possible. Tout de suite, même.

Même jour, 7 heures

La sonnerie du téléphone interrompit Paul Gilson dans une délicate opération : décapiter avec précision l'œuf mollet que venait de lui servir Andrée, son épouse attentionnée.

- On t'appelle de Waterloo, fit celle-ci.

Paul abandonna l'œuf mutilé, décrocha... Et Andrée le vit brusquement prendre un air très soucieux.

- Un attentat contre Gina, fit-il la main sur le cornet.

- Mon Dieu !

- Mais elle en a réchappé.

Puis reprenant ce ton de commandement qu'Andrée appréciait, - parfois !

- Verdet, arrangez-vous avec l'hôpital, avec votre commissariat, avec tout le monde, mais Gina ne peut quitter la clinique. Qu'on lui découvre une maladie quelconque. Et que cet hébergement reste secret. Vous-même, vous allez vous déguiser en infirmier et vous ne quittez plus notre fausse patiente. Idem pour Fairon.

Paul raccrocha et retourna à son œuf mutilé, bien refroidi à présent.

- Chérie, la journée sera chargée. D'abord au Cercle. Puis chez le Procureur. Puis à Waterloo. Puis en voiture pour Paris.

- Pour Paris ! Mais tu ne m'avais pas prévenue !

- J'y vais sur le conseil du procureur en personne. Je t'expliquerai tout ça en route.

Et maintenant, je file. Bye bye !

Devant la porte du Cercle, place de Brouckère, un agent de police en uniforme salua Gilson d'un « Rien à signaler, Commissaire » très convaincu. C'est ce que répéta le concierge Alphonse en ouvrant la porte. Puis l'agent en faction au premier étage.

Puis un inspecteur en civil, assis devant la porte de l'appartement de Marysia.

- Où est l'inspecteur Lecoq ?

- Il vient me relever à neuf heures.

- Marysia, c'est moi, ouvrez, cria le commissaire en frappant à la porte.

La Polonaise apparut dans l'un de ces vastes déshabillés noirs dont elle semblait avoir le secret.

- Dzien Dobry ! Cher Paul policier, bonjour ! Quelle bonne surprise !

Elle sauta au cou du cher Paul avec tellement de fougue que celui-ci eut quelque peine à se dégager.

- Marysia, Marysia, nous avons à parler de choses sérieuses !

- Moi d'abord, moi d'abord : Je suis folle de joie. Ce qui arrive est incroyable ! Aujourd'hui même, Ben Gourion a proclamé l'existence de l'État d'Israël ! Cudownie ! Merveilleux ! Wspaniale ! Formidable ! Il faut que je vous embrasse !!

Pour la seconde fois, Paul faillit trébucher, presque renversé par la fougue de la jeune femme.

- Calmons-nous, calmons-nous, chère amie. Il s'agit là d'un événement important, très important certes, mais en quoi peut-il vous bouleverser à ce point ?

Marysia recula de deux pas et ouvrit les bras :

- Mais je suis juive, cher Paul. Tout à fait juive !

- Ça alors ! Je vous croyais de noble ascendance polonaise. Et catholique !

- Non. Mon vrai nom est Rebecca Abramovitch. Je suis née dans un petit ghetto de la région de Vilna. Mes chers parents ont été massacrés lors d'un pogrom et c'est Monsieur Stobolski qui m'a recueillie.

- Le comte Stobolski ?

- Si vous voulez. Stobolski se rallia très vite au communisme soviétique. Il exerça d'importantes fonctions et amassa beaucoup d'argent. Jusqu'au jour où il fut fusillé lors d'une de ces nombreuses purges qui marquèrent le régime.

Paul Gilson allait d'étonnement en étonnement.

- Et ensuite ?

Marysia prit un air étonné :

- Mais je vous l'ai raconté, très cher Paul. La fuite avec ma mère. La Serbie…

- Pardon, l'Albanie, aviez-vous dit.

- C'est la même chose !

D'abord un peu décontenancé, Paul sourit et prit un air le plus aimable possible :

- Marysia très chère, n'êtes-vous pas plutôt d'origine persane ? Et descendante de la grande Shéhérazade.

- Moi ?

- Oui, vous. Vous avez la même imagination que cette femme extraordinaire qui, chaque soir, racontait au redoutable sultan de Perse, son époux, un récit qu'elle laissait inachevé, quitte à en inventer un autre le lendemain... Et ainsi de suite, pendant Mille et Une Nuits.

La belle Polonaise parut enchantée de la comparaison. Mais Gilson prit brusquement un air plus sérieux :

- Mademoiselle Stobolska, je ne suis pas le Sultan de Perse et n'ai que faire de vos affabulations. Vous êtes en danger, et à l'encontre de Shéhérazade, vos contes ne vous sauveront pas la vie. Cette nuit, Mademoiselle Stieltjes, dite Claretty, a été agressée dans sa villa de Waterloo. Demain, ce sera votre tour.

À la grande surprise du commissaire, Marysia ne parut en rien catastrophée. Ce n'est qu'après un moment qu'elle prit un air de circonstance :

- Pauvre chère Gina. Elle ne méritait pas ça !

- Et c'est tout ce que vous avez à dire ?

- Mais oui. Peut-être y a-t-il des rôdeurs dans les bois de Waterloo. Mais ici, je me sens en sûreté.

- Comme le pauvre Bisschops ? Comme ce brave Caralescu ?

- Ce n'est pas la même chose !

Paul Gilson sentit la moutarde lui monter au nez. Mais il se maîtrisa, tout en pensant :

« Elle cache quelque chose, c'est évident. Peut-être en saurai-je plus à Paris. »

- Cher Paul vous êtes fâché contre la pauvre Marysia ? Très fâché ? Allons, allons, embrassons-nous. Je vous en prie ! Prosze bardzo ! Je vous aime quand même, vilain petit poulet...

Paul se retourna en ouvrant la porte, s'attardant à regarder la si jolie Marysia. Si jolie, mais si bizarre. Et si difficile à comprendre. Shéhérazade ? Antinéa ? Ou Elvire Popesco tout simplement ? Tragédienne… Comédienne…

Il referma la porte et s'éloigna, ne se doutant nullement que jamais, plus jamais, il ne reverrait l'énigmatique et si chère Marysia… Jamais, plus jamais…

Même jour, 9 heures

Monsieur le Chef du Parquet à Bruxelles
Je ne suis pas fou, mais :
6 : ... D d8 x d4
7 :   C f3 x d4
Voilà qui doit vous éclairer définitivement.
(s) Le Roi Noir

Rejetant avec humeur le message qu'il venait de découvrir dans son courrier, Monsieur le Procureur du Roi Rodolphe de Rochehault eut un juron énergique, mais de bon ton :

- Saperlotte ! Mille milliards de saperlipopettes !

Il relut le petit papier :

- Les deux Dames disparaissent, ce que j'avais prévu, au demeurant : la Blanche, aventurée en d4, est soufflée par la Noire, et celle-ci liquidée par le Cavalier Blanc. Que va-t-il encore arriver dans ce Cercle Échiquéen de malheur !

* * * *
* * *

8ème coup : b 2 - b 3

... F f 8 - g 7 Fou Noir en fianchetto

Chapitre VI

LE ROI BLANC

Même vendredi 14, 10 heures

C'est grâce à une intervention personnelle du procureur que Paul et Andrée Gilson avaient pu disposer, pour leur enquête à Paris, d'une Peugeot banalisée avec chauffeur.

Jetant de temps à autre un coup d'œil vers sa voisine, Paul se félicitait, une fois de plus, d'avoir rencontré une aussi charmante compagne : Et quelle carrière ! Petite entraîneuse française à Liège, puis résistante et chef d'un réseau de renseignements à Bruxelles, enfin rescapée des camps de la mort. Une élégance sans faille : jupe allongée selon le tout récent « new look » lancé par Christian Dior, veste collante marquée par une taille étroite, mignon chapeau de paille tressée collé aux cheveux châtains et bouclés. Et surtout une gentillesse souriante de tout instant.

Et de son côté, Andrée, - ou Dédée pour les intimes, - admirait sans réserve son grand flic de mari : toujours élégant, un feutre irréprochable. Et l'air sérieux, quelquefois sévère, mais bienveillant quand il le fallait. Aujourd'hui commissaire principal et demain sans nul doute, directeur et même directeur général.

- Mais pourquoi ce voyage à Paris? répétait une fois de plus Dédée.

- Je te l'ai dit, pour rencontrer un ex-amant de Marysia, un certain Zabulon. C'est elle-même qui m'avait parlé de ce poète-philosophe-chansonnier, - mercredi dernier, précisément, - quand elle m'avait invité à dîner chez elle.

Dédée prit un petit air mi-figue, mi-raisin :

- À dîner seulement?

- Mais oui. Marysia sait être parfaitement sérieuse quand il le faut. L'ex-amant en question dirige maintenant *« Le Lapin Agile »*, un cabaret montmartrois déjà ancien. Niché au pied du coin le plus inattendu de Montmartre, le vignoble. Non loin du Sacré-Cœur. Nous serons là ce soir, en un semi-incognito renforcé par ta délicieuse présence.

- Je serai une figurante, en quelque sorte?

- Mais non, chérie, mais non! En attendant, on va nous déposer devant notre hôtel, rue La Boétie, à deux pas des Champs-Elysées. Ensuite, nous déjeunerons en vitesse, puis j'irai saluer une vieille connaissance, le commissaire Grosset, quai des Orfèvres.

- Et moi?

- Tu descendras vers Haussmann, la Madeleine, l'Opéra...

- Et surtout vers les Galeries Lafayette. Merci, chéri!

Même jour, 19 heures

- Tu as l'air très soucieux, dit Dédée à son mari qui rentrait à l'hôtel.

- Il y a de quoi. J'ai pu communiquer avec Bruxelles, depuis la Préfecture. Sale nouvelle : Marysia a disparu.

- Disparu?

- Oui, sans laisser la moindre trace. Au Grand Bazar, elle a semé son ange gardien, le petit Lecoq. Il en fait une dépression, le pauvre!

- Mais comment?

- Marysia a joué habilement avec deux ascenseurs voisins. Dans les toilettes du grand magasin, on a retrouvé son manteau noir et son grand chapeau.

- On l'a chloroformée, droguée, enlevée ?

- La police ne le pense pas. On penche pour une disparition volontaire.

- Et ton copain français, le commissaire Maigret, que t'a-t-il appris ?

- Pas Maigret, Grosset ! Le commissaire Grosset ! Il a sorti un vieux dossier d'après lequel Marysia semble avoir été compromise à Paris dans une sale affaire. Et ce par un très douteux personnage, le Hollandais Van Drooghem.

- Celui du *Cercle Échiquéen* ?

- Précisément. Et le nommé Zabulon semble mêlé à la même affaire. « Allez donc au *Lapin Agile*, a ajouté Grosset. Et s'il le faut sortez-y votre carte de police belge, on vous couvrira. Tiens, j'envoie ce soir un inspecteur, Marcel Morand, au *Lapin* . Incognito. Il portera visiblement une rose rouge à la boutonnière ».

- Et c'est tout, comme nouvelles ?

- Tu es bien curieuse… Une petite nouvelle : Longueville a fouillé la villa de Gina à Waterloo. Dans un tiroir, il a trouvé un Roi de jeu d'échecs.

- Un Roi Noir, évidemment !

- Pas du tout, un Blanc, tout blanc. Et tout seul. Soigneusement enveloppé dans un luxueux papier de soie. Bon, allons dîner. Ici, sur les Champs.

Même jour, 20 heures 30

La voiture débarqua le couple rue des Saules, devant *« Le Lapin Agile »* (1), un petit bâtiment rustique, à demi caché par

(1) À l'origine, c'était le « Lapin à Gill », du nom du dessinateur André Gill qui avait orné d'un lapin la façade de l'établissement, alors appelé le « Cabaret des Assassins ».

un acacia. Du dehors, on entendait un refrain repris en chœur par les spectateurs :

Je cherche fortune
Autour du Chat Noir,
Au clair de la lune,
À Montmartre le soir.

La salle était presque comble, mais Paul et Dédée purent trouver une petite table, vers le fond.

- Champagne, s'empressa de commander Paul. Avec trois verres. Tu vois là, sur l'estrade, ajouta-t-il pour Dédée. L'animateur, c'est le fameux Zabulon. S'inspirant de l'affiche bien connue de Toulouse-Lautrec, Zabulon s'était vêtu en copie parfaite d'Aristide Bruant, celui qui, au début du siècle, créa l'esprit montmartrois en ce même *« Lapin Agile »* : Des bottes, un complet de velours sombre, un feutre noir à grands bords, et surtout, surtout, une vaste et large écharpe rouge, dont un pan est négligemment rejeté en arrière.

Comme la chanson se terminait, Paul s'approcha de Zabulon :

- Nous arrivons de Bruxelles, et nous sommes de grands amis de Marysia Stobolska. C'est elle qui nous a demandé de vous rencontrer ici. Venez donc prendre une coupe avec nous.

Un peu hésitant, Zabulon regarda le couple, répétant « Marysia, Marysia », puis cria au pianiste « Continue, Gontran » et vint s'asseoir à côté de Dédée. Non loin de leur table, un jeune homme, la boutonnière ornée d'une rose rouge, suivait le manège avec un intérêt discret.

- Mon nom est Gilson, dit Paul, et Marysia nous a beaucoup parlé de vous.

- Marysia, Marysia... répétait Zabulon d'un air rêveur. Son regard, naturellement gai, s'était assombri. C'était ma grande petite amie, et elle m'a plaqué.

- Et cependant, fit Paul, elle m'a parlé de vous avec une réelle tendresse, les larmes aux yeux. Elle m'a dit que vous êtes un grand philosophe.

Zabulon se redressa, enlevant en même temps son feutre.

- Un bel homme, pensait Dédée, et sympathique en diable.

- Oui, j'étais philosophe au temps où j'étais l'amant de Marysia. J'avais écrit un important mémoire : « L'existentialisme est-il une épistémologie hylarchique ? » Jean-Paul Sartre, le daron, n'y entrava que pouic. Dans son baveux il m'envoya fissa une de ces mandales, alors que cezigue et mezigue on gambergeait kif kif !

- Plaît-il ? demanda Paul

- Traduction, fit Dédée qui, jadis, avait quelque peu connu certains milieux à Paris : Sartre, le grand patron, n'y avait rien compris ; dans son journal, il m'envoya illico un de ces sales coups, alors que lui et moi on pensait de la même manière.

- Bien, madame ! fit Zabulon avec étonnement. J'abandonnerai pour monsieur cette langue verte pourtant si chère ici au *« Lapin »*. Permettez, je vais présenter un chansonnier. Et de l'estrade il lança :

- Bonnes copines, bons copains, voici notre ami Jean Foutre, dans ses chansons d'actualité politique. On l'applaudit bien fort...

Le chansonnier salua comiquement puis commença une chanson « d'actualité politique » sur un vieil air lancé jadis par Mistinguett, « C'est mon homme » :

Quand l'Bon Dieu fit le grand Charles il lui souffla :
Sois un homme ! (bis)
Et jamais ne permets que le moindre Fridolin
S'paie ta pomme ! (bis)

- Je ne trouve pas ça drôle du tout, fit Dédée d'un ton pincé.

Comme Zabulon venait les rejoindre, Paul demanda :

- Comment avez-vous rompu, Marysia et vous, qui étiez si amoureux l'un de l'autre ?

- C'était, je crois, en janvier 1946. Nous voulions passer la soirée dans la cave du bougnat de la rue Dauphine, au

« Tabou ». On y aurait peut-être assisté à une élection de Miss Poubelle. Mais Marysia préférait la rue des Canettes. Elle voulait y entendre son sosie Juliette Greco. Et c'est là, malheureusement qu'elle rencontra un bon gros Belge accompagné d'un petit industriel du Nord.

- Je sais, Marysia m'a raconté... C'étaient messieurs Bisschops et Bonivers. Mais Bisschops n'était pas gros du tout !

- Possible, mais à l'époque, nous qualifions de « gros » tous ces Belges prétentieux qui faisaient étalage de la prospérité retrouvée de leur pays.

- Et Marysia a été séduite ?

- Parce qu'ils se sont mis à concocter le projet d'un cercle d'échecs qui serait en même temps un dancing. Et Marysia ne rêvait que d'échecs...

- C'était une championne ?

- Pas du tout ! À Monaco un grand maître s'était moqué d'elle en lui laissant presque gagner une partie... Il n'empêche que Marysia est une très bonne joueuse.

- Et ce fut la rupture ?

- Comme ça ! Devant Saint-Germain, elle sauta dans la grosse cylindrée du gros Belge, me criant : « Je vais en Belgique. On s'écrira ».

Sur l'estrade, Jean Foutre terminait sa chansonnette :

La France l'a dans la peau
C'est son homme !

Là-dessus le chansonnier déroule un grand papier où se lisait : « 18 JUIN ». Et du paquet ainsi défait il extrait un petit objet, une pelle à tarte, qu'il lance vers le public.

- Et alors ?

Silence total. Puis quelqu'un leva la main, s'exclamant :

- J'ai compris, j'ai compris : « Le général de Gaulle a lancé la pelle du 18 juin ».

Silence étonné, puis applaudissements. Dédée paraissait en rage :

- Je suis Française et résistante, moi ! Cette saynète est du plus mauvais goût ! [1]

- Mais non, mais non, madame, grogna Zabulon. C'est le genre, ici, à Montmartre. Attendez, la suivante est plus actuelle. Vas-y, Jean Foutre !

Le chansonnier commença, sur l'air d'une vieille ritournelle guillerette, « Encore un carreau cassé » :

Rame, rame, Ramadier,
Bon vent et marée !
Rame, rame, Ramadier,
Mais t'auras pas l'Élysée !

Fonce, fonce, Ramadier
Fous les cocos à la porte
Fonce, fonce, Ramadier,
Mais qu'est-ce que ça te rapporte ?[2]

Et tandis que les petits couplets se succédaient, Zabulon se pencha vers Gilson :

- Marysia vous a-t-elle raconté comment je l'avais tirée d'un mauvais pas ?

- Non, je ne crois pas

- Écoutez : Marysia a été dupée par un sale type de Hollandais, une crapule.

- ... que je crois connaître, fit Gilson. Ne s'agit-il pas de Hans Van Drooghem, dit Bobby, propriétaire de boîtes de nuit à Bruxelles. C'est l'associé de Marysia dans l'affaire du dancing aux échecs.

Zabulon parut atterré :

- Mais... essayez d'intervenir, ce n'est pas possible, pas possible. Écoutez-moi :

---

(1) Et cependant, elle a été réellement jouée sur la scène d'un théâtre parisien...

(2) Président du Conseil en 1947, Paul Ramadier écarta les ministres communistes.

Jean Dubois, - ce « Jean Foutre » que vous entendez, - fut un moment un drogué. Salement drogué. De la coke, je crois. Un jour de manque, il vient nous supplier, Marysia et moi : Une petite dose, une seule. Et voilà Marysia, bonne fille, qui marche, par pitié certainement : « Je vais en demander une à un ami ».

- Et l'ami, c'était le Hollandais?

- Oui, façon de parler. Mais attendez la suite : peu de temps après voilà que s'amène chez nous un flic de la brigade des stups. Marysia comprend tout de suite qu'elle a été donnée par le Bobby. Elle le donne à son tour, ce qui n'émeut nullement le flic. Et puis, plus rien. J'ai su que la brigade continuait à surveiller le Hollandais, mais ne voulait rien faire dans l'immédiat. Moi, j'avais défendu Marysia, grâce à quelques relations. Puis, la PJ s'est contentée de prier le Van Drooghem de quitter la France. Vous savez, chez ce genre de flics, ceux des stups, on raffole des coups tordus, des manœuvres à longue échéance... Et Marysia ne vous a jamais parlé de ça?

Zabulon se leva et cria au public :

- On applaudit bien fort notre ami Jean Foutre. À ton tour, Gontran, notre virtuose!

Le pianiste attaqua un quelconque tube increvable, mais n'eut pas le temps d'aller bien loin. La porte venait de s'ouvrir en grand, livrant passage à quelques jeunes barbus, coiffés de la kippa, la calotte typiquement israélite. L'une des jeunes filles qui les accompagnait cria au pianiste :

- Vas-y, Gontran, *« Hava Nagila »*, le chant de la moisson. Tu connais? Puis à la foule : C'est le jour de la naissance d'Israël, aujourd'hui! Tout le mode en ronde, avec nous :

Hava nagila hava nagila hava nagila
Ve niss me chah!

Ce fut un délire joyeux, les danseurs entraînant des clients, - dont Dédée, toute étonnée.

- Marysia ne serait-elle pas juive? hurla Gilson à l'oreille de Zabulon.

- Mais pas du tout, Marysia est une bonne catholique! Elle allait tous les dimanches à la messe à Saint-Sulpice.

- Comment le savez-vous?

- Nous habitions ensemble rue Bonaparte. Moi, j'y suis toujours, au 114. Dans une belle lettre d'adieux Marysia m'avait légué tout son mobilier. Avec Marysia, cher Monsieur, tout est toujours possible.

Le calme revint, les danseurs juifs s'étant attablés comme ils le pouvaient.

- Et maintenant, monsieur Zabulon, nous devons parler de choses sérieuses. Marysia a disparu ce matin, sans laisser de traces. Deux des commanditaires de son *Cercle Échiquéen* ont été assassinés, dont votre « gros Belge ». Alors, j'enquête. Je suis le commissaire principal Gilson de la PJ belge. Voici ma carte.

Zabulon bondit comme s'il avait vu un serpent.

- Je veux plus rien avoir affaire avec les flics. Adieu, monsieur.

Il se dirigeait vers l'estrade quand le jeune homme à la rose rouge, qui avait surveillé tout le manège, prit Zabulon par l'épaule et lui mit sous le nez une carte de police, bien française, celle-là.

- Inspecteur Morand. Rasseyez-vous, monsieur le baron. Nous continuerons ensemble cette discussion.

- Baron?

- Mais oui, baron Georges de l'Estrille, vieille noblesse périgourdine!

Le baron Zabulon paraissait très ennuyé. Il reprit néanmoins son siège.

- Il faut nous aider, monsieur le baron. Marysia est en danger, un danger certain.

- Cherchez du côté du Hollandais. Pour moi, c'est lui l'assassin de vos deux grossiums. Une certaine Gina Claretty ne serait-elle pas en ce moment à Bruxelles ?

- Oui. Van Drooghem l'a fait engager comme chanteuse dans le jazz du dancing associé au *Cercle Échiquéen*.

- Bon. Je parie qu'elle était la maîtresse de vos deux grossiums.

Paul, Dédée et l'inspecteur français se regardèrent avec quelque étonnement.

- Vrai en ce qui concerne feu Bisschops. Mais peut-être l'était-elle aussi pour l'autre assassiné, un colonel en retraite. Là, elle se serait appelée Charlotte.

- Parfait. A quand remontent ces assassinats ?

- Fin avril pour le colonel, le 10 mai pour Bisschops.

Zabulon sembla vouloir prendre les choses en main.

- Inspecteur Morand, je vois que vous avez en main quelques notes. Qu'y dit-on de Van Drooghem ?

- On y dit qu'en réalité il s'appelle Jan Gerbels. Que la demoiselle Claretty s'appelle Anna Stieltjes. Qu'elle a continué à résider à Paris, rue Mouffetard, dans le petit dancing où elle était chanteuse de jazz. Que la police avait depuis un certain temps prié le sire Gerbels de quitter la France. Mais que ce Gerbels est revenu à Paris, plus ou moins clandestinement. Et qu'alors il a épousé, devant le maire du 5e... Qui ? Devinez ?

- La chanteuse, fit Zabulon en souriant. Je le savais.

Paul et Dédée en étaient presque suffoqués.

- Et quand a eu lieu cette touchante cérémonie ?

- En juillet 1947.

- Mais Gina était déjà la maîtresse du vieux, s'exclama Dédée.

- Et son héritière, fit Gilson après un moment de réflexion.

- Nous y voilà ! Ce Hollandais est un maquereau de la pire espèce, le maquereau conjugal !

- Je dois réfléchir à tout cela, fit lentement Gilson. Mais je crois, messieurs, qu'il est temps pour ma femme et moi de nous retirer.

- Je vous en supplie, fit Zabulon, donnez-moi des nouvelles de Marysia... Quand vous en aurez... Maintenant, excusez-moi, je dois aller réveiller cette salle.

D'un air plutôt timide, le policier à la rose dit au couple :

- Je vous invite à prendre un verre autre part. À « La Bonne Franquette », près d'ici. L'atmosphère y est très gaie.

- Bonnes copines, bons copains, lançait Zabulon. Tous ensemble une vieille chanson, due à notre regretté Aristide Bruant : « Nini Peau d'Chien ». En avant !

À la Bastille on aime bien
Nini Peau d'chien.
Elle est si douce et si gentille...

Sur le trottoir, Paul et Dédée entendirent la fin du refrain :

On l'aime bien
Le public *: Qui ça ?*
Nini Peau d'chien !
Le public (hurlant) *: Où ça ?*
À la Bastille !

Samedi 15 mai, 11 heures 30

- Nous quitterons Paris très tôt, avait dit Paul à sa femme.

- Dommage, avait rétorqué celle-ci. J'aurais tant aimé voir les magasins de la rue Tronchet.

- Une autre fois, chérie... Une autre fois.

À Bruxelles, le premier contact du commissaire fut avec le juge Dumoncelle.

- Un fiasco, mon cher, un fiasco. Vous savez que je devais interroger hier toute la bande du *Cercle Échiquéen*. Eh bien, ce fut le vide intégral, en dehors du concierge Alphonse, qui ne sait rien - ou fait semblant. Le vide : la Stobolska, disparue ; Lassier, disparu ; la Claretty, en clinique ; Mortier, encore sous le choc de l'agression ; Bonivers, au chevet de son épouse agonisante ; Van Drooghem, à l'étranger.

- Pas de nouvelles de la Polonaise ?

- Rien. On cherche, on cherche. Polices et douanes sont alertées. Moi, par prudence, j'ai lancé un mandat d'amener. Et vous, que rapportez-vous de Paris ?

Gilson résuma ses conversations avec l'inspecteur français et avec l'ex-amant de Marysia, le baron chansonnier Zabulon.

- Méfions-nous du Hollandais... Et de sa femme, ajouta-t-il. Je vais faire sortir celle-ci de la clinique de Waterloo et la mettre sous surveillance spéciale ainsi que son cher époux, parfait modèle du « maquereau conjugal », selon le baron Zabulon. Au revoir, monsieur le Juge.

- Au revoir, Commissaire. Je crois que le procureur vous attend avec impatience.

Mais Paul Gilson voulut auparavant rencontrer son fidèle adjoint Longueville.

- Rien de neuf, ici ou à Waterloo ?

- Rien, sinon ce Roi Blanc trouvé chez Gina, original uniquement par le soin apporté à son emballage. Voyez.

- En effet, quel joli papier de soie. Je l'emporte et je le montre au procureur. Lui qui se dit expert en matière d'échecs, il trouvera sûrement quelque chose.

Le procureur de Rochehault parut enchanté de rencontrer le commissaire et posa la même question que le juge, mais avec plus d'humour :

- Et alors, Paris ? Les Champs Élysées ? Les Invalides ?

- Non, monsieur le Procureur. Montmartre, en toute modestie. Mais quelle moisson !

Et comme chez le juge, il raconta par le menu « les entretiens du *Lapin Agile* ».

- Parfait, parfait, Commissaire. Il vous reste à agir. Quant à moi, voici les seules nouvelles. Le billet habituel. Lisez :

Monsieur le Chef du Parquet à Bruxelles
Je ne suis pas fou, mais :
7 : ... g7-g6
8 : b2-b3
8 : ... F f8-g7

(s) Le Roi Noir

Le procureur reprit le billet des mains de Gilson :

- Cette fois, on met les bouchées doubles : Les Blancs poussent leur Pion b ; les Noirs mettent leur Fou sur la case g7, « en fianchetto », comme on dit, en flanquement. Telle une mitrailleuse lourde, il tient la Grande Diagonale Noire, menaçant la Tour Blanche.

Gilson avait suivi d'une oreille distraite ces explications très techniques :

- Et moi, monsieur le Procureur, je vous apporte ceci.

Il tendit le Fou Blanc trouvé chez Gina.

- Mais je connais, je connais, dit en riant le magistrat après avoir manipulé la petite pièce. Regardez !

D'un coup sec, il dévissa la tête du Roi, lequel apparut totalement creux :

- Je connais... Il y a quelque cent ans, prudes dames et galants messieurs s'échangeaient ainsi de doux billets. Votre jolie chanteuse aurait-elle un amant caché ?

À son tour, Gilson partit d'un franc éclat de rire :

- Mais Gina ne cache pas ses amants ! Bien au contraire !

Même jour, 21 heures

Van Drooghem, - tout juste rentré de voyage, disait-il, - avait le matin même et par téléphone, donné ordre à Alphonse de rouvrir le cercle et le dancing. Et de contacter la radio pour faire connaître la nouvelle à tout Bruxelles. Et d'envoyer quelques hommes-sandwichs de par les rues. Et de rallumer l'enseigne au cavalier baladeur.

Bien que totalement improvisée, cette campagne publicitaire avait porté ses fruits : jamais au grand jamais, ni le dancing ni les salons du premier étage n'avaient connu pareille affluence.

Il est vrai que, les derniers temps, l'histoire du « Fou de l'Échiquier » avait fait le tour de la ville, surtout de bouche à oreille, la presse aidant. On se passionnait au récit des crimes audacieux dont le Cercle avait été le théâtre; et l'on établissait des rapprochements avec le meurtre du colonel de Foy. Maintenant, la disparition subite de la « Dame Noire », annoncée par la presse du matin, jetait un nouveau voile de mystère sur toute l'affaire. Certains juraient avoir croisé la Dame Noire au Grand Bazar, ou Rue Neuve, ou au Bois. Ou n'importe où, pourquoi pas !

On ne sait comment, les journaux s'étaient mis à parler du « Roi Noir », non pas du jazzman Bill, mais bien du pauvre Lassier et de sa manie de voler les Rois Noirs des jeux. On l'appelait « le Fou de l'Échiquier », et les éditions du samedi matin signalaient sa disparition, aussi mystérieuse, disaient-elles, que celle de la « Dame ». Tout cela passait et repassait, entre un éditorial consacré à l'interminable « question royale » en Belgique, et un autre parlant de la récente abdication de la reine Wilhelmine en Hollande. Et ainsi une foule avide de sensations se pressait-elle au « Cercle Infernal ». « Allons voir, disaient certains, on ne sait jamais... »

Au dancing, Paul Gilson avait dépêché, à tout hasard, Dédée et son amie Lola, ses deux « Mata-Hari », comme elles s'intitulaient elles-mêmes. Mais elles ne remarquèrent rien de bien particulier, sinon l'absence de Gina Claretty, remplacée au pied levé par une petite brune assez vulgaire. Le chef américain Bill, que d'aucuns continuaient à appeler « le Roi Noir », cajolait la nouvelle. « Il est bien pressé », remarquait Dédée.

Au premier étage, c'était plus sérieux. Les inspecteurs Longueville et Lecoq allaient et venaient dans le couloir et dans les salons, tandis que deux de leurs collègues, plus jeunes, faisaient semblant de s'intéresser très vivement aux parties en cours.

Assis seul dans le bureau Gréco, le docteur Mortier songeait. Son oncle Bonivers venait de lui offrir sa démission par téléphone : la commandite était à céder. « Votre tante, dans sa clinique, disait-il en pleurant, votre tante en est au dernier stade de l'évolution de son cancer. On doit craindre le pire à tout moment ». Vraiment, tout allait de mal en pis. Et instinctivement, Mortier tâta la poche de son veston. Depuis les avertissements non déguisés de la police, il ne voyageait plus qu'armé d'un Herstal 6,35.

- Eh bien ! Mortier, on rêve ?

Le docteur sursauta. Devant lui, Van Drooghem, entré sans bruit, le regardait en montrant un petit paquet :

- Ce sont des jeux que je viens d'acheter en Hollande. Les pièces sont jolies, un peu anciennes je crois. Nous avions déjà les mêmes, ou presque.

Arrivé à la porte, il se retourna :

- Dites-moi, Mortier, nous devons une bonne fois faire le point. Je vous propose un rendez-vous, ici même, demain dimanche, à 16 heures.

- D'accord, répondit assez surpris le docteur. J'y serai.

- Pas de nouvelles de Marysia ?

- Non.

Dans le couloir, Bobby Van Drooghem croisa un Longueville quelque peu étonné.

- Tiens, Monsieur Van Drooghem ? Vous êtes revenu de voyage ?

- En personne, gouailla l'autre avec quelque ironie. Dites donc, Inspecteur, inutile de me faire « protéger » par tous vos jeunes blancs-becs... Bobby en a vu d'autres, et il est assez grand pour se défendre tout seul. M'en voulez pas, Inspecteur, si j'ai une fois de plus semé mon ange gardien. Permettez que je remette ce paquet à notre dévoué Alphonse, il doit trôner dans son cher bar.

Longueville entra dans le salon Steinitz et adressa un signe imperceptible à un jeune homme blond assis seul devant un échiquier.

- Van Drooghem, bar Philidor, lui glissa Longueville dans un souffle.

Le jeune homme blond s'éclipsa tandis que Longueville reprit sa ronde dans le couloir. Où, après un moment, il suivit Alphonse qui entrait dans le salon Lasker, porteur d'un plateau chargé de deux verres qu'il déposa devant un jeune couple.

- Donnez-nous un jeu, Alphonse, demanda la femme.

- Un jeu très swing, ajouta en riant son compagnon.

Dans le salon Steinitz voisin, l'inspecteur Lecoq s'assit devant une table vide, à côté de deux particuliers discutant d'échecs.

- Alors, vous êtes débutant ? demandait le plus âgé.

- Euh... J'ai suivi les cours populaires donnés au Cercle, répondit l'autre, un jeune homme très pâle. Je crois bien que les échecs, c'est trop compliqué pour moi !

- Mais non, mais non ! Attendez, voici justement Alphonse. Je lui demande un jeu.

- Oui, fit le jeune homme avec une hésitation visible. Je voudrais un jeu moderne. Oui, un jeu très swing, c'est cela.

- Ah jeunesse, jeunesse. Vous ne jurez que par le swing !

Alphonse déposa le jeu demandé, tandis que Lecoq s'amusait de la maladresse du jeune homme. La partie venait à peine de commencer que le vieux monsieur s'exclamait :

- Échec et mat ! Mais malheureux, je vous ai fait le « Coup du Berger » ! Mat en quatre coups !

Le jeune homme bredouilla quelque chose de confus.

- Allons, allons, ne vous tracassez pas, fit son partenaire avec beaucoup d'amabilité. Recommençons… Prenez les Blancs cette fois.

On retourna l'échiquier et l'on remit les pièces en place.

- Attention donc ! Restez calme, mon jeune ami. Ne vous énervez pas. Vous venez de laisser tomber votre Roi Blanc !… Mais ne le mettez pas en poche ! Vous êtes vraiment très très distrait, jeune homme !

*   *   *   *

*   *   *

9ème coup : C d 4 - e 6

... F g 7 - b 2

Chapitre VII

ÉCHEC AU ROI !

Dimanche 16 mai, 10 heures

Bien que ce fût un dimanche, le commissaire Gilson avait mobilisé son petit état-major en vue de frapper un grand coup, avec la collaboration de la police communale.

Ils étaient là une demi-douzaine, rassemblés au commissariat de la Première Division. Chacun y allait de ses remarques, racontant ce qu'on avait cru apercevoir de suspect dans les salons du *Cercle Échiquéen*. La bizarre expression « un jeu swing » avait fini par frapper les oreilles policières, sans qu'elles en comprennent l'éventuelle signification. Le commissaire Dujardin, de la Première Division, mit les pieds dans le plat :

- Depuis le temps que vous enquêtez dans cette boîte, vous auriez dû découvrir quelque chose de bien plus suspect, ceci indépendamment des deux meurtres qui s'y sont commis. Pourquoi ne nous avez-vous pas consultés ? Il y a longtemps que nous avions des soupçons, nous...

Éternelle rivalité des polices...

- Mais quoi ? remarqua Longueville sur un ton aigre-doux.

- Des tas de choses... Ne fut-ce que la présence de cette fripouille de Gerbels, dit Van Drooghem, dit Bobby. Vieux cheval de retour, mais trop malin pour se faire prendre.

- Eh bien, fit Gilson, nous verrons ça cette après-midi. Je propose 16 heures pour l'action que nous allons mettre maintenant au point.

Même jour, 16 heures

Le dancing a ouvert ses portes pour l'habituelle après-midi dansante du dimanche. Au premier étage, de nouveaux clients se dispersent dans les salons où, comme tous les jours, les joueurs sérieux échafaudent leurs hautes stratégies.

Quelques figures nouvelles. Van Drooghem, qui s'affaire dans les salons, serait bien étonné s'il savait que c'est une voiture de la PJ qui a débarqué ces nouveaux clients, à l'autre bout de la place de Brouckère.

Au rez-de-chaussée, il y a des danseurs qui dansent et quelques autres qui ne dansent pas, se contentant d'observer d'un air professionnel. Mais le jazz, lui, avec son Bill et avec sa Gina enfin retrouvée, le jazz joue pour tous...

Le docteur Mortier vient d'entrer dans le Morphy. Il explique à Longueville que sa tante, Madame Bonivers, peut maintenant mourir d'une minute à l'autre. À la clinique, son mari ne la quitte plus, jour et nuit.

- Et moi, ajoute Mortier, je vais m'installer dans leur villa de Tervuren. Ainsi pourrais-je accueillir mon oncle après le décès. J'y serais déjà si je n'avais eu ici un rendez-vous d'affaire avec Van Drooghem.

- Ne veut-il pas vous racheter votre commandite? lança Longueville à tout hasard.

- Possible, et celle de mon oncle également. Nous en avons assez de ce Cercle de malheur. Maintenant, ce Hollandais sera le seul maître ici... Il y a longtemps qu'il le cherchait... Je vais l'attendre dans le bureau.

Au salon Steinitz, un jeune couple vient de demander à Alphonse :

- Voulez-vous nous donner un jeu? Un jeu très swing, n'est-ce pas.

Depuis la table à côté, l'inspecteur Lecoq adresse un petit signe à son collègue Paulin, tandis qu'Alphonse apporte le jeu demandé.

- Permettez, fait brusquement Paulin.

Sous les yeux ahuris du couple, il ouvre la boîte et en retire le Roi Blanc. Une torsion des deux mains ; la figurine cède et se dévisse. La femme pousse un cri, l'homme veut d'abord sauter sur Paulin, puis se précipite vers la porte, entraînant sa femme par le poignet. Et il se heurte au commissaire Gilson...

Entre les mains de Paulin, le Roi Blanc, ouvert, laisse échapper une poudre blanche. Le policier palpe, goûte, renifle prudemment et s'écrie :

- Cocaïne ! Nous avions bien deviné !

Là-dessus, il siffle et siffle. Des sifflets lui répondent de divers côtés. Puis il se précipite à la fenêtre, l'ouvre et siffle encore. Sur la place, des agents de police bondissent d'une camionnette et se précipitent vers la porte du Cercle. Un commissaire adjoint crie dans la salle :

- Mesdames, messieurs, ceci n'est qu'un simple contrôle d'identité. Que chacun reste à sa place ! Pas d'affolement !

Dans le Morphy, à peu près désert, Van Drooghem entend les coups de sifflet, devine ce qui se passe, jette son verre à la figure de l'inspecteur Lecoq, bondit dans le bureau.

Et en referme la porte à clé.

Gilson, voulant entrer par la porte du couloir, se voit violemment repoussé par le Hollandais. Nouveau tour de clé.

- Attention ! crie le commissaire. Il s'est enfermé avec le docteur et va sûrement s'échapper par l'escalier privé !

Trois coups de feu éclatent de l'autre côté de la porte. Puis encore un. Puis un cinquième, un sixième.

- Reculez, hurle Gilson en dégainant. Je fais sauter la serrure.

Au troisième coup de pistolet, la porte s'ouvre. Et l'on se précipite…

Van Drooghem gît par terre, inanimé. Mortier, visiblement blessé à la cuisse, s'accroche à un meuble puis tombe évanoui dans les bras d'un policier. Et sur la dernière marche de l'escalier privé, un homme hagard, pistolet à la main, rit et rit encore. Malgré la barbe hirsute, malgré l'amaigrissement des traits, Gilson le reconnaît : c'est Lassier. On désarme le pauvre homme, on l'empoigne aux épaules, au col, aux bras. Il rit d'un rire long, saccadé, haletant, il se débat, il hurle :

- J'ai tué le colonel de Foy… J'ai tué le Turc… Je les ai tués tous… Car je suis le Roi Noir… oui, le Roi Noir !

Même jour, 17 heures

Il avait fallu la camisole de force pour maîtriser Lassier qui proférait des phrases incohérentes où sans cesse revenaient des termes du jeu des échecs :

- Je suis le Roi Noir ! J'ai tué le Cavalier champion ! J'ai tué le Fou néfaste !

Van Drooghem était mort sur le coup : trois impacts. Quant à Mortier, sa blessure, en séton, ne présentait aucune gravité. Néanmoins, comme il avait assez abondamment saigné et qu'il paraissait assez faible, on avait fait venir une ambulance, direction l'hôpital Brugmann.

Gilson et ses inspecteurs procédèrent à des interrogatoires sommaires, et en première conclusion il apparut que seul Alphonse Hautera, le faux bigot, prenait une part active au trafic de la coco. Le mécanisme en était très simple :

La formule « Donnez-moi un jeu swing », signifiait : « Passez-moi la neige ». Là-dessus, Alphonse remettait un jeu truqué et le client s'arrangeait pour empocher le Roi Blanc, chargé, et lui substituer un autre, identique mais vide. Auparavant, ledit client avait dit à Alphonse : « Je viens payer ma cotisation annuelle ».

Gilson et Longueville, restés seuls dans le bureau Gréco, s'occupaient à reconstituer le drame. Aucun doute, c'est bien Lassier qui avait tiré ; puis, comme on l'avait vu, il avait laissé choir le pistolet qu'il tenait à la main, un Herstal 6.35 que Longueville avait précieusement ramassé. Il était évident que Lassier s'était présenté à l'entrée privée du Cercle et que le policier de garde à l'extérieur n'avait guère fait attention à la silhouette minable qui poussait la porte.

- Enfin, ne nous tracassons pas trop, avait conclu Gilson. Il nous reste heureusement un témoin qui n'est ni mort ni fou, le docteur Mortier. Mais d'après le médecin qui l'a examiné ici, il vaut mieux attendre jusqu'à demain pour l'interroger. Entrez !

C'était le juge Dumoncelle, présidant une descente du Parquet.

- Oui, mon cher Commissaire, c'est la troisième descente en huit jours, ici, dans ce Cercle qui semble maudit ! J'espère que ce sera la dernière…

Lundi 17 mai, 9 heures

Le lendemain, la première visite de Gilson fut pour le procureur.

- Je suis au courant de tout, fit celui-ci, Dumoncelle m'a téléphoné hier. Mais le « Roi Noir » m'a encore envoyé deux épîtres. Voici la première, elle s'accompagne d'un curieux avertissement :

Monsieur le Chef du Parquet à Bruxelles,
Je ne suis pas fou, mais :
9 : C d4-e6
... F g7-b2
Attention cette fois !

(s) Le Roi Noir

- Et l'autre lettre, Monsieur le Procureur?
- La voici, mais regardez bien le coup annoncé.
Gilson lut à haute voix :

10 : C e6 x c7 +

- Vous ne remarquez rien, Commissaire? Cette petite croix latine?
- Oui?
- Elle signifie : « Échec au Roi ». Voyez l'échiquier : Le Cavalier Blanc met le Roi Noir en échec et menace directement la Tour Noire. Lisez donc l'avertissement qui suit l'annonce du coup :

La fin approche !

- « La fin approche », répéta Gilson. Quelle fin? Mais si au moins nous savions ce qu'est devenue Marysia... Je veux dire la Polonaise, la directrice du Cercle...

Même jour, 10 heures

À l'hôpital, Gilson rejoignit le juge Dumoncelle et l'inspecteur Longueville qui l'attendaient. On leur fit savoir que le blessé était en état de subir un interrogatoire, et que d'ailleurs il pourrait sortir aujourd'hui même.

Mortier, très pale, était étendu sur un lit, la tête relevée par deux oreillers.
- Bonjour, Messieurs, fit-il d'une voix quasi normale. Je vous attendais.
- Bonjour, docteur. Pourriez-vous nous raconter, en détail, le drame d'hier?
- Bien volontiers. Mais si vous le permettez, Monsieur le Juge, je remonterai un peu plus haut, jusqu'à cette journée du

29 avril qui vit périr la première victime, le regretté colonel de Foy.

Un petit mouvement de stupeur sembla parcourir les auditeurs.

- Oui, messieurs, j'insiste. Mon avis est que tout se tient dans cette affaire

- Soit, fit le juge. Nous vous écoutons.

- Ce 29 avril, j'avais rendu visite au colonel de Foy qui était légèrement souffrant, comme vous le savez je suppose. À un certain moment, le colonel me dit : « Monsieur Mortier, l'aspect de certains de nos joueurs ne vous a-t-il pas frappé ? Il me semble que Van Drooghem amène chez nous des gens peu recommandables. Vous verrez, nous perdrons petit à petit tous nos joueurs sérieux. Et moi maintenant, j'ai peur. »

« Mais que voulez-vous dire ? » ai-je demandé.

« Je ne veux ni ne puis encore rien vous révéler » répondit de Foy.

Mortier fit une pause, puis soudain :

- Et le lendemain, le colonel était mystérieusement assassiné.

- Mais pourquoi ne nous avez-vous pas fait part de cette conversation ?

- Que vous aurais-je dit ? Le colonel ne m'avait rien révélé de précis. Toutefois, j'ai parlé de la chose à Nicolas Bisschops. À mon grand étonnement, celui-ci m'a alors déclaré que, selon lui, il se passait quelque chose d'anormal au Cercle. Mais lui non plus n'avait rien ajouté, sinon : « Observons bien, regardons autour de nous… »

- Vous n'avez rien dit de tout cela à Mlle Stobolska ? demanda le juge.

- Non, puisqu'à ce moment-là, Marysia se trouvait en détention.

- La croyez-vous mêlée à l'affaire des meurtres et à celle des stupéfiants ?

Le blessé s'agita sur sa couche.

- Non, non, Monsieur le Juge. Marysia est totalement innocente. C'est une femme admirable, sous des dehors parfois étranges. Ah ! Que n'est-elle ici pour se défendre !

Gilson réprima un petit sourire de coin.

- Continuez, docteur.

- Quand Marysia a été relaxée, j'ai compris une chose : pour qu'elle soit lavée de tout soupçon, il fallait qu'on découvre le vrai meurtrier. Je pris par-devers moi l'engagement de démasquer cet homme.

- Le plus simple n'aurait-il pas été de mettre la police au courant ?

- Oui, peut-être, mais attendez la suite... Voici Van Drooghem qui me raconte qu'après une conversation avec Lassier, il lui avait paru évident que le pauvre type perdait la raison. C'est ce que j'avais cru remarquer depuis quelque temps, mais les symptômes me paraissaient alors dépourvus de toute gravité. Pourquoi donc le Hollandais insinuait-il maintenant que Lassier devenait réellement fou ?

« Le soir même, c'était le lundi 10, je crois, Nicolas Bisschops tombe mort, au Cercle, en pleine partie. Le lendemain, mardi, j'apprends par vous, commissaire, qu'il y a eu meurtre et que l'assassin a employé un moyen peu banal. Et je me pose alors une question : Pourquoi n'a-t-il pas cherché à faire disparaître la fameuse pipe ? Sans elle, tout le monde aurait cru à une mort naturelle puisque Bisschops souffrait d'une très grave maladie cardiaque. J'en ai conclu que l'assassin voulait faire soupçonner quelqu'un. »

Paul Gilson faillit sursauter, comme sous le coup d'une idée subite. Il ouvrit la bouche, mais se contenta de répéter :

- Continuez, docteur.

- Mais qui donc l'assassin cherchait-il à compromettre ? Lassier ? Mon oncle ? Marysia ? Moi-même ? Van Drooghem ? Le même jour, celui-ci revient à la charge :

« Croyez-moi, affirme-t-il, Lassier est tout à fait dingue. Il en voulait au colonel qui lui a fait perdre son titre de champion. Il en voulait au vieux Bisschops, par jalousie. Je crois qu'il en veut à tous les joueurs d'échecs : Il voudrait les supprimer. Tous. Il s'est confié à moi parce que, justement, je ne suis pas joueur. Après cela, ma conviction s'est trouvée renforcée :Van Drooghem, assassin du colonel et de Bisschops, voulait diriger les soupçons contre Lassier.

Les interlocuteurs du blessé se regardèrent, surpris par la simplicité et la force avec lesquelles ces accusations étaient prononcées. Le juge faillit poser une question, mais sur un signe imperceptible du commissaire, il dit simplement, à son tour :

- Continuez, docteur.

Mortier fit signe qu'on lui remonte ses oreillers, puis il reprit la suite de son récit :

- Nous voici le mercredi 12. L'automate de Marysia est arrivé et installé dans le salon Morphy. L'après-midi, le maître Caralescu, qui s'y était caché, meurt poignardé. Comme on a vu Lassier s'enfuir, tous les soupçons vont évidemment se porter sur lui.

- Avec raison, selon vous ?

- Oui, si j'en crois les aveux que m'a faits le pauvre homme. À ma grande surprise, celui-ci m'attendait devant chez moi, le soir même. Je le fais entrer, et il me raconte que cette tête de Turc lui avait rappelé celle du colonel. « Les mêmes yeux, la même moustache » répétait-il. Pris d'une haine subite pour cet innocent automate, il l'avait alors poignardé avec une dague décrochée de la panoplie. Là-dessus, il s'était heurté à Van Drooghem qui lui avait lancé : « Imbécile, tu as tué quelqu'un ! » Et maintenant, je le retrouvais, là, devant moi, pitoyable, pleurnichant, et répétant : J'ai tué le Turc. J'ai tué le colonel.

Le juge Dumoncelle prit un ton très sec :

- Monsieur Mortier, vous deviez révéler tout cela à la police ou à moi-même. En cachant ainsi certains faits liés à des meurtres, vous avez porté entrave au bon fonctionnement de la Justice.

- Monsieur le Juge, je vous prie de m'excuser. Mais je me disais que si la police arrêtait Lassier, elle ferait le jeu du véritable meurtrier. Le pauvre homme aurait avoué tout ce qu'on voulait, et il aurait été interné, sans plus. Et puis, je vous l'ai dit, je voulais démasquer moi-même le criminel, c'est-à-dire le Hollandais.

- La peste soit des détectives amateurs, remarqua Longueville sur un ton grognon.

- Docteur, demanda Gilson, pourquoi soupçonner systématiquement Van Drooghem ? Expliquez-vous.

- Mais Commissaire, qui donc, sinon lui, pouvait profiter de la disparition des autres commanditaires ? Resté seul maître, Bobby aurait complètement changé le style du Cercle. Il y a longtemps qu'il en parlait, sans préciser ses intentions. Sans doute voulait-il le transformer en une boîte de nuit classique, le premier étage devenant une maison de passe sinon un bordel pur et simple, pardon un « Institut de massages ». Avec trafic de coco en coulisse. Sans compter que par Gina, son épouse, il héritait de Bisschops...

- Vous saviez qu'il était marié avec elle ?

- C'est Alphonse qui me l'avait révélé. Mais ce mariage allait sans doute devenir gênant, et c'est pour cela que notre Bobby a essayé d'étrangler la chanteuse, chez elle à Waterloo. Le hasard a voulu que je sois là et que j'aie pu empêcher le drame.

- Docteur, voyons. N'allez-vous pas un peu loin dans vos affirmations ?

- Non, vraiment, je ne crois pas. Cherchez à qui le crime profite, dit-on.

- Autre chose : Après le meurtre de Caralescu, nous avons perdu toute trace de Lassier.

- Oui, et ce pour la bonne raison que c'est moi qui l'avais caché à Ixelles, dans une petite clinique pour aliénés légers, tenue par un camarade d'université.

- Ah docteur, docteur ! Vous nous avez inutilement compliqué la vie, fit Gilson avec un certain mécontentement. Mais, dites-moi, qu'est devenue Mlle Stobolska ? Selon vous, j'entends ?

- Ah ça, Commissaire, je ne sais pas, je ne sais rien du tout.

- Soit…

- Je ne fus pas sans remarquer que la police avait doublé la surveillance dont le Cercle était l'objet. Je décidai de revendre ma commandite à Van Drooghem, lui disant que je refusais d'être mêlé au scandale qui allait éclater un jour ou l'autre, - par votre faute, ajoutai-je. Paroles imprudentes, sans doute. Dès ce moment, je n'ai plus circulé qu'armé de mon petit 6.35, un souvenir de la campagne de 1940.

- Vous étiez au courant du trafic de stupéfiants ? demanda Gilson.

- Moi, Commissaire ! Pas le moins du monde ! Je soupçonnais plutôt une vague affaire de prostitution ou de rendez-vous galants. Sans la moindre preuve, d'ailleurs. Et je puis vous jurer que ni Marysia, ni aucun des commanditaires autres que ce maudit Hollandais, aucun n'est mêlé à quoi que ce soit de louche. Nous sommes de très honnêtes joueurs d'échecs que ce Bobby de malheur a honteusement trompés.

Le blessé sembla manifester une certaine fatigue. Il ferma un moment les yeux, puis, d'une voix un peu affaiblie, reprit son récit :

- Ma situation était inextricable, Messieurs. D'une part, je me sentais menacé par le Hollandais, et d'autre part, mon pauvre Lassier devenait terriblement gênant. D'après mon ami, le chef de la petite clinique, le malade s'excitait de plus en plus fréquemment. Il fallait donc en finir, et je résolus de tout vous révéler, Commissaire.

- Très bien.

- Oui mais, ce jour-là, - c'était samedi dernier, - mon oncle me téléphone disant que ma tante, cancéreuse, étant au plus mal, il ne voulait plus s'occuper de rien et pensait remettre à quelqu'un sa commandite. Là-dessus, au Cercle, voilà Bobby qui me fixe rendez-vous pour le lendemain dimanche à 16 heures. Bravo, on allait peut-être s'expliquer. Et je décidais d'emmener le brave Lassier à ce rendez-vous. Oui, Commissaire, je croyais bien qu'après cela je vous mettrais au courant de tout, mais voilà, c'est à cette heure précise que vous déclenchez au Cercle votre grande opération policière.

- Pas de chance, me direz-vous, fit Gilson avec quelque ironie.

- Vous avez raison, pas de chance, car mon rendez-vous avec le Hollandais va prendre une tournure tout à fait imprévue. Vers 14 heures, j'avais été rechercher Lassier à la clinique et l'avais amené chez moi. Je lui explique que nous allons rencontrer au Cercle celui qui l'accuse de tous les crimes, alors que cet homme est le véritable criminel. Lassier, exceptionnellement très calme, se déclare tout à fait d'accord. Et nous partons vers la place de Brouckère, sans remarquer que Lassier avait empoché mon vieux 6,35, que j'avais imprudemment laissé traîner.

- Donc, l'arme du meurtre était bel et bien la vôtre ?

- Parfaitement, Commissaire. Bon, je laisse Lassier devant l'entrée privée, je monte, j'entre dans le bureau, j'attends. Vos hommes sifflent, Van Drooghem entre en trombe, ferme les deux portes à clé et me lance : « C'est de ta faute, crapule ! La Polonaise et toi, vous m'avez trahi ! ». Des coups de feu éclatent… C'est Lassier, arrivé par l'escalier privé, qui se met à tirailler comme un fou. Oui, comme un fou, c'est le cas de le dire. Vous connaissez la suite…

Le juge et les deux policiers se regardèrent un long moment, sans rien dire.

- Vous quittez la clinique aujourd'hui même? demanda le magistrat.

- Oui, monsieur le Juge.

- Eh bien, rendez-vous pour demain à 10 heures dans mon cabinet. Mon greffier enregistrera l'essentiel de tout ce que vous nous avez raconté aujourd'hui. Reposez-vous bien, et à demain.

- À demain, monsieur le Juge.

- Pauvre docteur, fit Gilson dans le couloir de la clinique. Il a déployé de louables efforts pour couvrir deux personnes le touchant de près. Nous en reparlerons...

Et il ajouta à l'adresse de Longueville :

- Rendez-vous dans mon bureau, aujourd'hui à 16 heures

Même jour, 15 heures

Ce ne fut guère une veuve éplorée qui pénétra dans le cabinet du juge d'instruction. Gina Claretty paraissait fraîche, jolie, et même détendue. Et sa déposition n'allait rien apporter de bien nouveau.

Oui, elle pensait que feu son mari pratiquait, peut-être, un trafic de stupéfiants. Non, elle n'était pas elle-même cocaïnomane. Oui, Bobby venait parfois chez elle tripoter des jeux d'échecs. Non, elle ne savait pas ce qu'il faisait.

Et en définitive, elle se demandait pourquoi diable avait-elle épousé son compatriote.

- Nous ne nous aimions guère... Ce mariage fut une formalité inutile.

- Tellement inutile? ironisa le juge. N'y a-t-il pas là-dessous une question d'héritage?

Là, Gina se troubla, se mit à bafouiller. Puis, pressée de questions, elle finit par reconnaître que Bobby et elle avaient formé le projet de capter l'héritage de Bisschops. Ils avaient failli réussir car si Mme Bonivers, fille de Bisschops, était morte avant son père, Gina se serait trouvée l'héritière de son vieil amant.

Le juge conclut :

- Et ainsi, me direz-vous, la mort prématurée de votre protecteur a mis ce beau projet à l'eau. D'où l'innocence du ménage Gerbels. C'est bien ça?

- Oui, Monsieur le Juge.

Et Gina de s'empresser d'ajouter que son mari et elle sont tout à fait étrangers à tous ces meurtres qui avaient frappé des dirigeants du *Cercle Échiquéen*.

- Une dernière question : À votre avis, qui vous a agressée, chez vous, dans la nuit de jeudi à vendredi?

- Je l'ai dit et répété à vos policiers : Je n'en ai pas la moindre idée. Mais Bobby pensait que c'était Lassier, le dingue.

- Bien, Madame, ce sera tout pour aujourd'hui. Monsieur le greffier va relire et vous faire signer votre déposition.

Même jour, 16 heures

Assis dans son bureau, en face de Longueville, Gilson répétait ce qu'il avait dit en quittant le juge à l'hôpital :

- Je crois ne pas me tromper en affirmant que ce matin le docteur a essayé de couvrir deux personnes le touchant de près.

- Lesquelles?

- Nous y arrivons. Et en même temps, ce cher docteur nous a jeté dans les pattes un suspect en or, cette crapule de Van Drooghem.

- Comment? Vous ne croyez pas que le Hollandais était le « Roi Noir » signataire des lettres anonymes?

- Et pourquoi pas ce Roi Noir dont la dernière lettre reçue annonçait l'échec? Allusion transparente : Van Drooghem, Roi des Bars, Roi de la Nuit, Roi Noir! Superbe! Non,

Longueville, feu Bobby n'était ni l'un ni l'autre de ces Rois. D'ailleurs, il n'y connaissait rien aux échecs, nous l'avions déjà noté.

- Il a peut-être été aidé par un complice, bon joueur d'échecs. Non ?

- Oui. Il y a effectivement en coulisse un bon joueur d'échecs. Celui que Mortier a essayé de couvrir.

- Mais il n'a pas parlé des lettres signées du « Roi Noir ».

- Je vous rappelle que l'existence de ces lettres était restée secrète.

- Commissaire, vous prenez plaisir à m'intriguer ! Que nous reste-t-il comme suspects possibles ? La Polonaise ? Bonivers ? Le docteur lui-même, pourquoi pas ? Et Lassier bien entendu ? Qui soupçonnez-vous ?

- Je n'ai plus de soupçons contre personne, mais bien une certitude. Je sais qui est le Roi Noir, le vrai, le signataire des lettres.

- Mais alors, qu'attend-on pour l'arrêter ?

- Des preuves, Longueville, des preuves formelles, objectives. Je n'en ai pas. Pas encore. Et à moins d'un miracle, nous n'obtiendrons jamais d'aveux. Notre homme est fort, très fort.

« Tiens, Longueville, tant que j'y pense, voulez-vous prendre les dispositions voulues pour que la villa Bonivers, la Villa du Roc à Tervuren soit maintenant surveillée jour et nuit. Je dis bien, jour et nuit. Vous irez vous-même sur place contrôler le dispositif.

À ce soir. Je vous invite à dîner chez moi. Nous y continuerons cet entretien. »

Même jour, 20 heures

Ce n'était certes pas la première visite de Longueville à son patron. Et chaque fois il avait admiré la discrète élégance que Dédée avait apportée à la décoration du living. Et aujourd'hui il avait la surprise de se voir assis à côté d'une charmante compagne de table, Lola, la grande amie de Dédée.

Pendant le repas, on discuta de tout, sauf de « l'affaire ». On parla bien sûr de la « question royale » qui empoisonnait la vie politique belge. Et d'un autre poison belge, la « guerre scolaire » qui avait entraîné la démission du premier ministre, le grand politique Paul-Henri Spaak. Et aussi de la Légion Arabe qui venait d'occuper Jérusalem. Et aussi de la victoire, en Coupe de France, de Lille contre le R.C. Lens...

Après le repas, ces messieurs se retirèrent dans le petit bureau du commissaire.

- Voyez donc cet échiquier, fit Gilson. Nous en sommes à cet « échec au Roi », annoncé dans la dernière lettre reçue par notre procureur. Que remarquez-vous? Rien? Il y a, mon cher, échec double, à la Tour et au Roi. Celui-ci, en échec, sera obligé de bouger, et ce sera la perte de la Tour Noire. Mais la vengeance des Noirs sera immédiate : leur Fou prendra, là, dans le coin, l'innocente Tour Blanche.

« Je n'y connais pas grand-chose aux échecs, mais je crois que cette partie est stupide : les Blancs ont joué de façon inepte, les voilà en retard d'une pièce! Mais cela importe peu, les plans du criminel ne pouvant toujours coïncider avec ceux d'une partie d'échecs parfaitement orthodoxe. »

- Alors, d'après vous, le criminel allait annoncer au procureur la disparition d'une Tour, voire même de deux Tours!

- Possible. Écoutez-moi : Ayant obtenu de Hollande tous les renseignements possibles sur Van Drooghem, j'ai appris qu'il est né dans le village de Toren, en Zélande.

- Toren, la « Tour », en néerlandais.

- Parfaitement.

- Et l'autre Tour?

- Je n'en sais rien. Je me demande même si cette folle partie jouée par le « Roi Noir » dans ses lettres anonymes, je me demande si elle a encore un sens aujourd'hui...

- Mais, Commissaire, si vous me livriez une bonne fois votre pensée ?

- Trop tôt, Longueville, trop tôt. Mais, tenez, voici un détail qui m'a frappé. Tardivement frappé, je l'avoue. Le procureur, tout comme vous et moi, nous nous étions tous braqués sur l'enchaînement des lettres du Roi Noir. Toutes annonçaient un meurtre, pensions-nous. Mais non ! Pas du tout !

« La perte du Cavalier Noir, c'est-à-dire la mort du colonel, ne nous fut signalée qu'avec huit jours de retard. Donc, c'est ce premier meurtre qui a inspiré l'auteur des lettres et l'a amené à monter toute une machination. »

- Dans quel but ? Pourquoi ? Et qui ?

- Patience… Attendez que je sois un peu plus sûr dans mes supputations. Patience… Maintenant, allons retrouver ces dames et parlons d'autre chose.

* * * *

* * *

TROISIÈME INTERCALAIRE

Au baron Georges de l'Estrille
Rue Bonaparte 114
Paris - VIème

Bruxelles, mardi soir

Monsieur le Baron,
Ou plutôt, Cher Zabulon,

Mon mari, le commissaire Gilson, surchargé par les affaires du Cercle Échiquéen, me demande de vous écrire. En même temps, je vous envoie un télégramme avec la triste nouvelle :

Marysia est morte. Morte accidentellement.

Moi, je la connaissais à peine, mais mon mari m'en avait souvent parlé, au point que j'en étais parfois jalouse.

Marysia est une femme extraordinaire, disait-il, à la fois raisonnable et impulsive, sincère et affabulatrice, sérieuse et fantaisiste. Et terriblement séduisante, voire séductrice. Enfin, vous, Zabulon, vous la connaissiez mieux que moi...

Vendredi dernier, elle avait disparu de la circulation, vous avions-nous dit, semant très habilement, dans un grand magasin, son policier protecteur. Mon mari pense qu'elle ne se sentait plus en sûreté après les menaces qui pesaient sur tous les membres de ce Cercle Échiquéen qu'elle avait fondé.

Elle n'avait pas fui à l'étranger. Elle s'était tout bonnement réfugiée dans le couvent de Fichermont, au sud de

Bruxelles, chez les Dames Dominicaines. La Supérieure a déclaré qu'elle ignorait la véritable identité de sa « retraitante », laquelle avait constamment manifesté une piété exemplaire. Marysia était une bonne catholique, nous aviez-vous dit.

Malheureusement, c'est cette piété qui l'a perdue.

Ce matin même, vers huit heures, Marysia dit aux Sœurs qu'elle allait cueillir des bleuets pour l'autel de la Vierge, en bordure des champs, non loin du couvent. Et c'est là qu'elle a été fauchée par un chauffard, lequel d'ailleurs est allé s'écraser contre une vieille bâtisse, cinquante mètres plus loin.

Tuée sur le coup, Marysia n'a pas souffert. À côté d'elle, sur la route, gisait la perruque blonde dont elle s'était coiffée dès sa fuite depuis le grand magasin de Bruxelles. Et en main, elle tenait toujours les pauvres petits bleuets.

Les funérailles auront lieu au couvent, vendredi matin.

Dans la presse de ce soir, on peut lire que « la mort tragique de la Dame Noire ne lèvera sans doute pas le voile qui recouvre les drames successifs dont le Cercle Échiquéen aura été le théâtre. »

Ajouterai-je qu'il y a eu un meurtre de plus. Oserais-je écrire que cette nouvelle sera loin de vous déplaire, car il s'agit de ce Hollandais que vous sembliez détester. Il a été abattu par un pauvre fou qui se prétendait le « Roi Noir » du jeu des échecs. Le Cercle Échiquéen sera fermé pour longtemps, sinon définitivement, et ainsi, cette belle entreprise, créée par Marysia, aura disparu avec elle.

Croyez, cher Zabulon, que nous sommes de tout cœur avec vous.

Andrée Gilson

* * * *

* * *

10ème coup : C e 6 x c 7 + : Échec au Roi Noir !

Chapitre VIII

LES NOIRS ABANDONNENT

Mardi, minuit

Une nuit très tranquille. Tout le monde dort dans la Villa du Roc. Seul, l'homme veille. Il écrit fébrilement à la lumière d'une petite lampe. De temps à autre, il tourne la tête vers la fenêtre ouverte. Mais il ne sait pas qu'un policier le surveille, caché dans l'ombre du balcon.

C'est fini... L'homme sourit douloureusement. Il relit les papiers, corrige l'un ou l'autre passage. Allons, tout est bien clair. Il devait à Marysia cette mise au point.

Il signe, plie les feuillets, les glisse dans une grande enveloppe :

À Monsieur le commissaire Gilson

Police Judiciaire de Bruxelles.

Il ouvre un tiroir, en sort un pistolet. Il vérifie le chargeur. Il abaisse la sûreté. Il enlève ses grosses lunettes. Il sourit une dernière fois, murmurant :

« C'eut été trop beau, n'est-ce pas, Marysia ? »

Allons, un simple geste de l'index, et ce sera le néant.

Le policier, - c'était Paul Gilson, - s'apprête à bondir, à empêcher le geste fatal. Mais il s'arrête :

« Non, pense-t-il, laissons faire, cela vaut mieux ainsi. Marysia ne mérite pas les attaques fielleuses que lancera une presse à l'affût d'un grand procès d'assises. Non, que l'assassin se fasse justice lui-même. »

Une détonation déchire le silence de la nuit.

Mercredi 19 mai, 15 heures

Il commençait à pleuvoir. Aussi, est-ce d'un pas pressé que Rodolphe de Rochehault, procureur du Roi au Parquet de Bruxelles, s'engagea dans la place Poelaert et marcha vers le Palais de Justice. Toujours du même pas, il franchit le colossal portique grec, traversa l'interminable salle des pas perdus, escalada de pharaoniques escaliers… Pour enfin entrer dans le bureau où l'attendaient les quelques personnes qu'il avait invitées.

Il y avait là le juge Dumoncelle. Il y avait Paul Gilson et son inséparable Maurice Longueville. Il y avait les inspecteurs Carton, Lecoq, Paulin. Et aussi le commissaire Dujardin de la police communale. Et enfin l'inévitable secrétaire Frans Tielemans.

Le procureur se donna la peine de serrer la main à tout le monde, puis prit la parole :

- Messieurs, le suicide du docteur Mortier semble bien mettre un point final à l'affaire du *Cercle Échiquéen*. Monsieur Tielemans va vous donner lecture de la longue confession que l'assassin a rédigée la nuit dernière avant de mettre fin à ses jours. Monsieur le Secrétaire, vous avez la parole.

Le petit Tielemans toussota, rajusta ses lunettes et commença :

Marysia n'est plus. Tout est fini.

Elle et moi, nous nous sommes aimés. Follement. Et ce dès le premier jour, dès notre rencontre au Gaulois, à la table du prince de Mérode. Comme l'aurait écrit Lamartine, nous aurons savouré les rapides délices des plus beaux de nos jours. Pendant des mois et des mois. Des mois merveilleux. Chez elle comme chez moi. En Ardenne, en Bretagne, en Italie... Partout.

Quand elle eut décidé de se loger au second étage du Cercle, nous avons choisi de garder la discrétion la plus totale quant à nos relations. Marysia ne voulait pas paraître plus intime avec un commanditaire qu'avec un autre. Car tous étaient amoureux d'elle. Tout le monde était amoureux de Marysia. Vous aussi, Commissaire...

Des têtes se tournèrent vers l'interpellé qui déclara en souriant :

- N'exagérons pas. Entre la Dame Noire et moi, il y eut simplement une grande estime. Continuez, Monsieur le Secrétaire.

Commissaire Gilson, je suis un raté... Et pourtant j'aurai réussi à poser à la police un problème insoluble. À l'hôpital, j'ai bien senti que vous ne me croyiez pas tout à fait. Aussi, allais-je vous lancer sur une nouvelle piste, encore plus fausse que les autres. Dieu m'a arrêté à temps ; il n'a pas voulu que je déshonore le seul parent qui me soit resté.

Oui, Commissaire, je suis un raté... J'échoue, presque arrivé au but. Mais j'aurai quand même fait quelque chose de grand, réaliser ma volonté de puissance, comme dirait Nietzsche, en défiant, à travers les lois et la police, la Société tout entière.

- Eh bien, Commissaire, vous qui êtes psychologue, qu'en dites-vous ? demanda le procureur.

- Paranoïa classique. Avec, peut-être, la manifestation d'un refoulement déjà ancien. Continuons, si vous le voulez bien.

J'ai tué, certes, mais mes crimes ne sont pas aussi horribles que ce que l'opinion publique voudra en dire. Et je me moque de l'opinion publique. Les hommes me condamneront, mais Dieu me pardonnera. Et s'il me refuse son pardon, tant pis ! Tout m'est égal puisque Marysia n'est plus... Marysia que j'aimais... Oui, je l'aimais... Je l'aimais... Maintenant, je me répète avec Baudelaire : Ô Mort, Vieux Capitaine, il est temps, levons l'ancre.

La cause de tout, c'est sans conteste l'injuste sanction infligée par l'Ordre en juillet dernier. Sanction injuste, qui me causa un désespoir immense. Commissaire, j'aimais mon métier. Vous comprendrez cela, vous qui semblez tellement aimer le vôtre.

Dans mon malheur, Marysia fut pour moi une sœur, une mère, plus encore. Pour me distraire de mon abattement, elle m'initia aux échecs, elle me fit voyager. Et elle obtint de mon grand-oncle qu'il me confie la trésorerie du Cercle. Ce qui te fera une occupation dans la vie, ajoutait le brave homme. Tu travailleras avec Mlle Stobolska, notre fondé de pouvoir. » Brave homme ! Il paraissait ne se douter de rien.

Bien sûr, il était amoureux de notre Reine. De ma Reine. Comme les autres, vous disais-je. J'en conçus un horrible sentiment de jalousie. À leur égard, à tous. Et je me pris à les détester, tous. Mais je n'en laissai jamais rien paraître.

- Effectivement, remarqua Gilson, il fut un moment où Longueville et moi soupçonnions un drame de la jalousie. Mais c'est plus compliqué, vous allez voir.

Le 15 janvier, se produisit un événement, bénin en apparence, mais qui allait être le point de départ de tous les drames. Le 15 janvier, Lassier perdit son titre de champion dans un match contre le colonel de Foy. Vous savez que Lassier fut, comme moi, victime d'une grave injustice. Pour le pauvre bougre, célibataire, sans fortune, les échecs constituaient le but de toute sa vie. Le coup le toucha beaucoup plus profondément que ce qu'on aurait pu croire.

Le 2 février, autre drame : ma cousine mourait dans un terrible accident de voiture. Mon oncle Bonivers se tint toujours pour responsable de la mort de son enfant. Il commença à sombrer dans la neurasthénie, délaissant les échecs.

Entre-temps, Bisschops, découragé par les refus continuels que lui opposait Marysia, s'était rabattu sur Gina, notre chanteuse de jazz. Van Drooghem avait un peu poussé à la roue, pensions-nous, Marysia et moi. Du coup, Gina renonça au colonel, qu'elle ne fréquentait d'ailleurs que très peu sous le nom de Charlotte.

Longueville leva la main :

- L'ordonnance du colonel nous avait lancés ici sur une fausse piste, prétendant que Charlotteke, la maîtresse du colonel, était une petite vendeuse.

- Passons, passons, coupa le procureur.

Puis, un jour, Marysia me révéla qu'elle avait été très imprudente à Paris, remettant amicalement un sachet de coke à un ami. Van Drooghem avait exploité l'affaire, menaçant Marysia de dénonciation, au cas où lui-même aurait des ennuis. La police française, mise au courant, préféra attendre, observer, ne pas agir tout de suite.

À Bruxelles, Van Drooghem exerça sur Marysia un véritable chantage, exigeant d'être admis dans le groupe des commanditaires du Cercle. Nous savons maintenant ce qu'il préparait. À l'insu de Marysia, j'insiste.

Je t'aimais tellement, Marysia. Et tu m'aimais.

Mais le comportement du Hollandais te causait des inquiétudes. Un jour d'avril, ne m'avais-tu pas dit : « Fuyons, loin de ce Bobby de malheur, des vieillards, des échecs. Tu reprendras ton métier de médecin, quelque part, en Australie, au Brésil. Et nous serons heureux. Depuis mon enfance, toujours l'incertain, l'aventure... J'en suis fatiguée, crois-moi. » Et alors, je lui jurai de la débarrasser de son persécuteur.

Serment stupide, n'est-ce pas Commissaire ?

- Oui, stupide. Mais genèse de toute l'affaire. Attendez la suite, je la connais, ayant déjà lu et relu le document.

Le 29 avril, deux jours après cette conversation, le colonel de Foy tombait assassiné dans sa villa de Tervuren. Hier, à l'hôpital, j'ai menti. Jamais de Foy ne m'a fait part du moindre soupçon. C'est à Marysia qu'il s'était confié, le soir du crime, quand elle lui avait rendu visite. Ce que Marysia avait eu bien soin de ne pas révéler à l'instruction.

Nous avons immédiatement soupçonné le Hollandais, mais celui-ci avait un alibi : Ce soir-là, il trônait dans sa boîte de la rue du Pépin, « l'Éléphant Rose ».

Commissaire, sachez ceci : ce n'est pas Van Drooghem qui a tué de Foy, mais bien Grégoire Lassier. Je le sais, parce que celui-ci s'est confessé à moi, le 1er mai.

Lassier me déclare que, depuis quelque temps, il souffrait d'étranges obsessions, suivies de pertes brusques de mémoire. Il me raconte que, le 29 avril, ayant manqué le train du soir à Tervuren, il s'assied sur un banc de la gare et se prend à réfléchir à son match de janvier : S'il avait joué tel coup, il aurait certainement gagné, malgré l'erreur de position du Roi Noir. Cette idée, il veut immédiatement la communiquer à de Foy. À la Villa des Charmes, il trouve le colonel seul, assis devant un échiquier. Il lui explique son idée, de Foy réfléchit un moment, puis sourit : « Mais non, mais non, regardez. » Il dispose l'échiquier, joue quelques coups, et bientôt voilà Lassier et ses Blancs acculés à l'abandon. Ici, je me souviens mot pour mot de la confession de Lassier :

« Ma main toucha son pistolet... et puis... C'est un trou... un grand trou noir... qu'ai-je fait, mon Dieu ! Je ne me souviens de rien, de rien du tout... Je n'ai repris conscience de moi-même que beaucoup plus tard... Sans doute est-ce un autre « moi » qui m'a dirigé. Dites-moi, je vous en supplie... Est-ce moi qui... Et j'ai peur, j'ai peur... Peur de lui. »

Ici, le pauvre homme sort de sa poche un petit Roi Noir. Et continue : « Un jour il vous tuera. Un jour il me tuera. Lui... le Roi Noir... »

Finalement, il me déclara qu'il allait se présenter à la police. Et avouer qu'il avait tué quelqu'un. Qu'il craignait maintenant que le Roi Noir lui ordonne d'en tuer d'autres encore. Je lui conseillais de n'en rien faire, d'attendre...

- Et pourquoi, Bon Dieu, pourquoi ? lança le juge.
- Pourquoi ? répondit Gilson. Vous allez le savoir...

Car, pendant que Lassier parlait, des idées étranges me venaient à l'esprit. Pour le moment, cet homme est insoupçonnable. Pas de témoin. Et pas d'empreintes, Lassier circulant presque toujours ganté à cause de son eczéma. Cependant, s'il venait à être arrêté, il avouerait tout ce qu'on veut, même les crimes qu'il n'a pas commis. Pourquoi alors ne m'arrangerais-je pas pour qu'il soit accusé du meurtre du Hollandais ? À condition que le Hollandais ait été effectivement trucidé. Par qui ? Par moi-même, Commissaire.

Et voilà comment on devient un assassin. Par amour d'une femme qui était en danger... Car j'aimais follement Marysia, je ne le répéterai jamais assez... « Chair de femme ! Argile idéale ! Ô merveille ». Ah, Commissaire, tous les poèmes de ma jeunesse me reviennent ici, même ceux du brave Hugo.

- Assassin, mais poète, grommela Longueville.
- Non, poète mais assassin, corrigea Gilson.

Quand on commence à avoir de telles pensées, il est difficile de s'arrêter, n'est-ce pas Commissaire ?

Car, me disais-je, mon grand-oncle est riche, très riche. Cardiaque au dernier degré, il peut succomber, foudroyé, à tout moment. Je connaissais ses dispositions testamentaires : Si sa fille, Madame Bonivers, meurt avant lui, toute une fortune tombera dans les mains de Gina, sa maîtresse, et indirectement dans celles du mari, l'ignoble Van Drooghem. Dans le cas contraire, Gina et son époux maquereau devront se contenter de la portion congrue. Donc le vieux Bisschops doit mourir avant sa fille. Absolument. Rappellerais-je que je haïssais ce vieux beau qui avait essayé de séduire Marysia ?

- Effectivement, remarqua Paul Gilson, Mortier s'était engagé sur une pente très dangereuse. Je crois que maintenant, Messieurs, vous commencez à deviner la suite.

Là-dessus, je me suis dit : Mais pourquoi Marysia et moi ne toucherions-nous pas cet héritage. Moi, je suis pauvre, et elle, beaucoup moins riche qu'on ne se l'imagine. Donc, il faut que les Bonivers disparaissent à leur tour. Les jours de ma tante sont comptés et mon oncle sombre lentement dans la neurasthénie. Il songera au suicide, et là, je pourrai l'aider. Je ne ferais ainsi qu'abréger une vie de souffrances.

Mais il sera nécessaire qu'auparavant la police soit convaincue d'une chose : l'assassinat du colonel de Foy et les meurtres qui vont suivre sont les œuvres d'un fou, d'un maniaque du crime. Comment y arriver ?

Lassier s'est buté sur l'idée fixe d'un Roi Noir assassin. Il faut que la police en soit habilement mise au courant. Sans savoir qu'il s'agit de Lassier. Mais comment, comment ? me suis-je demandé toute une nuit. À l'aube, j'avais trouvé une réponse : les échecs !

Le colonel m'avait raconté qu'en captivité, son grand ami, l'actuel procureur, avait été, comme lui-même, un passionné des échecs. Eh bien, chaque jour j'enverrai à Monsieur de Rochehault une lettre anonyme, un petit billet loufoque indiquant, à côté de divagations, un coup d'échecs en notation internationale. Ces coups se suivront logiquement, comme dans une partie réelle. Autant que possible, chaque pièce prise fera allusion, par son nom, à une prochaine victime. Facile pour le colonel, ce sera le Cavalier. Facile pour Bisschops, déformation de l'anglais « the bishop », le Fou. Facile pour les Dames, la Noire et la Blanche, encore que je n'avais aucune intention, vous vous en doutez, de faire disparaître la première. Ni la seconde, au demeurant.

Je m'étais d'ailleurs livré à un petit raisonnement : si une coïncidence de nom apparaît clairement pour une ou deux victimes, toute l'attention de la police se braquera sur mes petites lettres, si bien que l'enquête risquera de s'égarer sur une fausse piste.

- Diabolique, fit le juge.
- Diabolique, répéta le procureur. Mais, ajouta-t-il d'un ton légèrement vexé, cette piste, que je me targue d'avoir détectée, n'était nullement secondaire. Pas du tout ! Vous le savez, n'est-ce pas Messieurs, ajouta-t-il à l'intention des policiers.
- Parfaitement, Monsieur le Procureur, répondit Longueville.

Je crois, Commissaire, que vous aviez découvert la clé des symboles de la partie. N'avez-vous pas souvent parlé du Roi Noir ? N'avez-vous pas averti les deux Dames d'un danger qui les menaçait ? Je parie que vous avez cru que la Tour désignait Van Drooghem. C'était une erreur. La prise des deux Tours, qui devait suivre l'Échec au Roi, devait annoncer, ou signifier, la fin des Bonivers. Pour Van Drooghem, on verrait.

Je parie que vous avez commis une erreur analogue à propos de l'infortuné Caralescu. En fait, ce meurtre ne fut qu'un accident. Il est réellement dû à Lassier, je vous l'ai dit hier. À ce moment, une de mes lettres annonçait une prise de Pion. Mais pour moi les Pions devaient rester totalement dépourvus de signification, ce que j'avais clairement fait savoir en écrivant à propos d'une telle prise : Ceci est sans importance.

Mon plan étant arrêté, il me restait à choisir une ouverture vraisemblable. Or, Marysia, qui s'amusait à me donner des leçons d'échecs, venait de m'enseigner un classique, l'ouverture espagnole, à laquelle correspondent une bonne dizaine de réponses orthodoxes, amenant autant de parties, toutes appelées « espagnoles ».

- Exact, fit machinalement Rodolphe de Rochehault.

L'une d'elles me convenait particulièrement, celle dite « Variante des Échanges », entraînant la disparition rapide d'un Cavalier noir et d'un Fou Blanc. Et ainsi, je tapai les premiers billets sur ma petite machine. Vous trouverez celle-ci ici même, à la Villa du Roc, cachée dans la chambre de mon oncle. C'est une Remington, achetée d'occasion ; tout le monde en ignorait l'existence. Inutile d'y chercher des empreintes, j'avais pris mes précautions. Enfin, par prudence, je décidai de laisser Marysia dans l'ignorance complète de ce que je préparais.

- Nous avons découvert cette machine, fit Gilson. L'analyse des caractères a montré sans le moindre doute que c'est elle qui avait servi au « Roi Noir ».

Le 3 mai, je mets ma première lettre à la poste. Et le lendemain, un mardi, j'apprends l'incroyable nouvelle : Marysia vient d'être inculpée et arrêtée. Que faire? Livrer Lassier? C'était compromettre tout mon plan. Me taire? C'était peut-être condamner la femme adorée. Je me suis tu, espérant que le juge reconnaîtrait rapidement son erreur. Si le cycliste bruxellois n'avait pas fait sa déposition à la police, bien des malheurs eussent été évités puisque, dans ce cas, j'aurais dénoncé Lassier.

Le samedi 9, Marysia est relâchée. Pour moi, c'est un signe. Et comme j'avais continué à envoyer mes petites lettres, je continuerai. À la prise du Cavalier Noir devra succéder celle du Fou Blanc.

Le surlendemain soir, - c'était donc un lundi, - j'empoisonne la pipe de Nicolas Bisschops. Votre visite au Cercle, Commissaire, ce même soir, risque de compliquer les choses. Mais non, pour sa perte, Bisschops veut absolument jouer contre Caralescu. Le meurtre allait se commettre sous les yeux même de la police, - et constituer pour elle une belle énigme.

Dans la bousculade qui suit la chute de la victime, un fait inattendu : Lassier, repris par son obsession, dérobe le Roi Noir de l'échiquier. Un peu avant, il avait commis le même larcin chez Bisschops et m'avait montré la figurine. Sur mes conseils, il avait rendu ce Roi à Bisschops, lequel, distrait, l'avait gardé en poche, - là où vous l'avez découvert. Je parie ici que vous vous êtes alors persuadé que l'assassin avait voulu signer son crime. Et je parie aussi que vous avez commis une autre erreur, en relevant les empreintes : Lassier avait bu dans le verre de Marysia et celle-ci, plus tard, dans celui de Lassier. Je me souviens très bien, Marysia lui avait dit, devant vous, Commissaire : « Cher père Lassier! Vous allez lire dans mes pensées. » Exact, Commissaire?

- Exact, Commissaire ? répéta le juge Dumoncelle.
- Oui, exact, plus au moins. Mais ces erreurs furent sans conséquence. Continuons.

Et nous voilà le 12 mai. Ce jour-là, les choses se sont passées exactement comme je vous l'ai raconté hier : Repris par ses obsessions, Lassier poignarde le Mamelouck en lequel il croit reconnaître le colonel de Foy. Puis il se réfugie chez moi et je le fais hospitaliser dans une petite clinique très discrète.

Mais ma Partie Espagnole progressait, et elle allait bientôt annoncer la prise de deux Dames. Il me fallait faire quelque chose. La Blanche d'abord :

N'ayant aucune intention de liquider cette brave sotte, je me suis offert une petite mise en scène, au vu et au su des policiers, dont vous-même, Commissaire. Prenant prétexte d'un prêt de livre...

- « L'Atlantide », de Pierre Benoît, coupa Longueville, ce qui perturba quelque peu le lecteur :
- D'un livre, d'un livre... Oui, c'est ça.

... d'un livre, je me suis fait inviter à dîner chez la demoiselle. Sans peine, vous vous en doutez. Je crois qu'elle attendait de moi autre chose que la remise d'un bouquin. Mais j'ai légèrement drogué cette bonne Gina, puis me suis installé au pied de son lit... Et simulant une agression, je lui ai serré le cou, un peu, très peu, juste ce qu'il faut pour laisser deux hématomes. Puis j'ai appelé les policiers et montré la cagoule que, soi-disant, j'avais arrachée à l'agresseur. Tout le monde a marché. Parfait.

Restait à préparer la disparition de la Dame Noire.

Déjà avant ce pseudo attentat, j'avais persuadé Marysia qu'elle se trouvait en danger. Danger dont elle ne voyait pas exactement l'origine, mais qu'elle reliait à Van Drooghem et à une affaire de stupéfiants : « Je suis persuadée qu'il magouille chez nous, au Cercle, mais je ne sais comment. Cela risque de nous attirer de sérieux ennuis avec d'autres bandes de trafiquants. »

- Je vous l'avais bien dit, coupa le commissaire de police Dujardin. Mais vous autres, à la Judiciaire, vous ne nous écoutez jamais !

- Voyons, voyons, monsieur le Commissaire, essaya de temporiser le procureur. Poursuivez votre lecture, Monsieur Tielemans.

- ... de trafiquants... Euh... c'est ça, de trafiquants... J'y suis :

J'avais eu de bonnes relations, jadis, avec la Supérieure des Dominicaines de Fichermont, où l'on accepte les laïques voulant faire retraite. La religieuse consentit à héberger Marysia, dont j'avais vanté la piété. Je recommandais à mon amie de disparaître en douce, vendredi matin, en semant son ange gardien. Et je lui conseillais de claironner auparavant qu'elle était juive. Voilà qui brouillerait certainement les pistes.

Marysia, Marysia, pouvais-je savoir que cette séparation allait être définitive ? Marysia, je pleure, mais bientôt nous nous rejoindrons. Marysia, je meurs, je meurs sur toi, je tombe et je m'abats. Eh oui, un vers de Pau...

- ... de Pau... Excusez-moi, fit Tielemans, mais ça devient difficile à lire, savez-vous.

- Un vers de Paul Verlaine, souffla Gilson. Donnez-moi le document, monsieur le Secrétaire. Je m'en tirerai.

Et nous voici arrivés à ce dimanche 17, le jour où vous avez exécuté votre opération anti-drogue. Tout ce que je vous ai raconté hier à l'hôpital est exact, sauf sur un point : ce n'est pas Lassier qui a tué Van Drooghem, c'est moi. Le 6,35, c'est moi qui l'avais, dans ma poche. Et quand Lassier s'est présenté à la sortie de l'escalier privé, j'ai tiré sur le Hollandais. Trois balles. Puis j'ai immédiatement passé l'arme au pauvre fou, lequel s'est mis à tirailler, me blessant à la cuisse. Heureuse blessure, elle m'innocentait complètement. Marysia... L'amour... Oui, la m... Dieu n'a...

- Lecture difficile, messieurs, c'est devenu un gribouillage. Enfin, essayons...

Dieu n'a pas voulu que mes projets aboutissent. Terrible joueur, il a pris ma pièce principale, la Dame Noire. En frappant cruellement la créature adorée, pour laquelle furent commis deux crimes, Il a voulu m'indiquer le chemin à suivre. J'ai ici, sous la main, le vieux pistolet avec lequel j'aurais suicidé mon oncle, si... Je suis puni... J'irai donc rejoindre Marysia... S'il existe un Au... un Au...

- Un Au-Delà, je suppose. Oui, c'est cela, un Au-Delà. Et c'est signé :

Albert Mortier
Alias : Le Roi Noir.

Gilson déposa le document et regarda ses auditeurs. Tous les visages étaient graves et un long silence s'établit de lui-même.

- Quelle perversité, murmura le juge.
- Quel procès c'eut été, grommela le procureur.
- Nous reparlerons de tout cela plus tard, fit Gilson sur un ton vague.

Magistrats et policiers se levèrent et, sans un mot, se dispersèrent dans les longs couloirs du Palais de Justice.

Vendredi 21 mai, 9 heures

Ils n'étaient là qu'une poignée, immobiles, debout, chacun entre un prie-Dieu et une chaise. Devant eux, un cercueil couvert de fleurs.

Ils n'étaient que cinq. Paul Gilson en gabardine bleu foncé ; Dédée, toute en noir ; Gina Claretty en manteau et chapeau sombres ; l'Afro-Américain Bill, en costume beige clair. Et aussi, venu tout droit de Paris, Zabulon, baron de l'Estrille, raide dans un impeccable complet anthracite, raide mais triste, infiniment triste.

Personne ne représentait le *Cercle Échiquéen Moderne*, le « Cercle Maudit », disait-on maintenant. Armand Bonivers, dernier commanditaire vivant, - et démissionnaire de surcroît, - avait regagné son usine de Roubaix, en proie à la profonde neurasthénie où l'avaient plongé la mort de sa femme puis celle de la Dame Noire.

Non, personne ne représentait le Cercle, ce Cercle si cher à Marysia. La partie d'échecs était terminée. Et bien mal terminée.

Par habitude professionnelle, Paul Gilson tournait parfois la tête, jetant des regards curieux autour de lui. Les Dames Dominicaines avaient d'elles-mêmes proposé que les funérailles de leur pensionnaire, si dévote disaient-elles, aient lieu au couvent, dans la petite chapelle. Si mignonne, celle-ci, dans son faux gothique. Et avec des fleurs partout. Vraiment, ces Dames avaient bien fait les choses.

À l'autel, le jeune abbé en chasuble et manipule noirs, le dos au public, chantait la messe des morts, accompagné par les religieuses, rassemblées en chorale :

Dies irae, dies illa,
Quando saeculum in favilla
Teste David cum Sybilla.

Voilà qui rappelait à Paul son enfance scolaire chez les Jésuites du Collège Saint-Michel. Il essayait de reconstituer la traduction de ces stances empreintes d'une si sombre poésie : « Jour de colère que ce jour-là, quand les siècles seront réduits en cendres… ». Ce qui lui remettait en tête des vers d'« Athalie » de Racine, une tragédie qu'on lui avait fait jouer au même collège (il tenait le rôle d'Abner) :

Celui qui met un frein à la fureur des flots
Sait aussi des méchants arrêter les complots.

« Soit, pensait-il. Mais pourquoi donc le Justicier du Ciel a-t-il jugé bon de frapper une innocente afin d'arrêter les complots d'un méchant ? »

Puis, ce fut l'absoute :

Non intres in judicium cum servo tuo, Domine.

« Seigneur, n'entrez pas en jugement avec votre servante », traduisaient en eux-mêmes le policier et le baron. Non, Marysia ne le méritait pas.

Puis ce fut l'aspersion d'eau bénite, le lent défilé autour du cercueil que des costauds vinrent bientôt enlever tandis que les religieuses chantaient :

In Paradisium deducant te Angelii…
… Chorus Angelorum te suscipiat…

« Que les Anges vous conduisent au Paradis… que leur chœur vous accueille… »

Dans leur intarissable gentillesse, les Sœurs avaient offert un coin de leur petit cimetière pour qu'y repose celle qui était venue si chaleureusement chercher refuge chez elles. Et tandis que la cloche sonnait un glas très doux, on jeta quelques pelletées de terre.

- Do widzenia, Marysia. Au revoir ! fit Zabulon en pleurant.

Gina, en larmes, serra les mains de Paul Gilson et de sa femme :

- Adieu Commissaire. Bill et moi partons pour l'Amérique.

- Et moi, je rentre à Paris, ajouta Zabulon.

Il quitta le cimetière en courant, tandis que les Gilson remontaient en voiture.

- C'était une femme extraordinaire, murmurait Paul comme s'il se parlait à lui-même. Une Reine… Une Antinéa… Une femme pour laquelle on tue.

- Je t'en prie, fit Dédée avec un rien d'agacement. Mets donc le moteur en marche et partons ! Tout cela me rend mal à l'aise. Très mal… C'est fini, maintenant !

- Fini ? Oui ? Mais qui donc pourrait connaître la dernière pensée du malheureux amant de la Reine Noire ? Celui qui a tué pour elle ?

Un long silence tandis que la voiture s'engageait sur la route de Bruxelles. Un moment, Paul s'entendit chuchoter entre les dents :

- Peut-être le Ciel lui a-t-il pardonné… J'espère qu'il m'aura pardonné, à moi aussi.

Fin de partie

Terminé à Cannes-Marina,
Côte d'Azur,
le jour du Printemps 2001.

Les Noirs abandonnent…

TABLE DES MATIÈRES

Et table des intercalaires